유 튜 브 를

잠 ▶ 시

그만두었습니다

크리에이터 밤비걸의 나를 사랑하는 연습

유튜브를 잠 시 그만두었습니다

심정현 지음

위즈덤하우스

밤비걸(심정현) 프로필

2012년   블로그 '패션사용설명서'를 오픈하다.

2013년   밤비걸의 첫 번째 영상을 유튜브에 올리다.

2014년   뷰티 크리에이터를 직업으로 삼기로 결정하다.

2017년   구독자 50만 명을 돌파하다.

2018년   홀연히 유튜브를 떠나 상담실을 찾다.

2019년   다시 뷰티가 아닌 '나'를 위한 영상을 만들기 시작하다.

영상 속 나는
분명히 나였지만,
내가 아니었다

    유튜브에서 구독자가 50만 명에 가까워질 무렵, 아버지
가 돌아가셨다. 여담이지만, 한때 유명한 포털사이트에 내
이름을 검색하면 '금수저'가 연관검색어로 뜨곤 했다. 애
초에 금수저와 은수저 그리고 흙수저의 차이가 무엇인지
모르겠지만 말이다. 언젠가 인터넷 뉴스기사에서 자산이
얼마 이상이면 금수저라고 하는 글도 보았지만, 단순히 돈
으로만 누군가의 인생을 판단할 수 있을까? 인생은 그렇
게 단순하게 계산기 두들기듯 행복의 크기가 정해지는 것
은 아니지 않은가.

자신이 가지지 못한 것을 갖고 싶어하는 것이 일반적인 사람이라면, 나는 돈보다는 정상적인 아빠가 갖고 싶었다. 그만큼 우리 아빠는 정상의 범주에서 한참이나 벗어난 사람이었다. 아빠는 툭하면 누군가 자신을 감시하고 있다고 말하곤 했다. 그는 몸속에서 벌레들이 자신의 몸을 갉아먹고 있다고 말하면서도, 의사들은 자신의 돈이나 뺏어가려는 사람이라며 응급실에 실려가기 전까지는 병원에도 가지 않았다. 당연한 말이겠지만, 모든 검사 끝에 몸속에 벌레가 없다는 의사의 말도 아빠는 끝까지 믿지 않았다. 정신과 의사는 나를 조용히 불러 아빠는 과대망상증과 정신분열을 앓고 있다고 말했다.

　아빠를 보며 나는 항상 생각했다. 사람이 아픈 곳을 선택할 수 있다면 정신보다 몸이 아픈 게 낫겠다고 말이다. 몸이 아프면 병원에 가서 치료를 받으면 되지만, 정신이 온전치 못한 사람은 치료 자체를 거부한다. 약을 며칠 먹어서 나아질 만한 상처에도 아빠는 제때 치료를 받지 않아 입원까지 하게 되는 상황에 놓인다. 매번 병원에 갈 때마다 아빠를 붙잡고 병원은 이상한 곳이 아니라고, 아무도 아빠를 해치려 하지 않는다고 설득하려고 시도했지만, 전혀 아빠에겐 먹히지 않았다. 생각해보면 너무 당연한 결과다. 그렇게 말해서 설득이 되는 사람이었다면, 애초에 정신과에서 그런 진단을 내리지도 않았겠지.

이런 상황 속에서 포털창의 금수저라는 연관검색어를 볼 때면, 나는 씁쓸한 웃음을 짓곤 했다. 아빠가 돌아가신 지 몇 년이나 지난 지금도 나는 가끔씩 친구들의 아빠를 보면 부러운 마음이 먼저 든다. 돈은 벌면 되지만, 아빠는 새로 갖고 싶다고 가질 수 없지 않은가.

그렇게 아빠의 작은 병들은 큰 병이 되었고, 결국 병원에서 눈을 감으셨다. 아빠의 죽음은 의사의 예상보다는 훨씬 일찍이었지만, 어찌 보면 예상된 수순이었다. 조금은 담담하게 아빠의 장례식을 마칠 때 즈음, 주변 사람들은 내게 일을 잠시만 쉬는 것이 어떻겠냐고 말했다. 당장 곧바로 일을 시작하는 것은 무리이지 않겠냐고 말이다. 그들의 말은 분명히 일리가 있었다. 그럼에도 불구하고 나는 구독자들에게 나의 이런 상황을 숨긴 채로, 장례식이 끝난 지 채 일주일이 지나지 않아 곧바로 영상을 만들기 시작했다. 지금 생각해보면 고개를 갸우뚱할 만한 그 결정은 순전히 나의 욕심과 두려움 때문이었다.

아마도 장례식이 끝났을 때 부친상으로 인해 유튜브를 쉬겠다고 사람들에게 말했다면 어느 한 명도 그 이유로 나의 휴식을 질책하지는 않았을 것이다. 그것은 분명했다. 아마 사람들은 응원을 했겠지. 하지만 나는 두려웠다. 도대체 어디까지 이야기를 해야 할까. 아빠의 오랜 투병생활과 그로 인해 힘들었던 생활들까지 말하는 것이 좋을까. 아니면 그저 아빠의 죽음만을 담담하게 말해야 하는 것일까. 아무렇지 않은 척 담담하게 이야기하는 것도 결국은 거짓말이 아닌가, 나는 괜찮지 않으니까. 그런 허술한 거짓말을 할 바에는 차라리 아무 말을 안 하는 게 낫지. 그렇다면 눈물을 글썽이며 구구절절 나의 힘들었던 그동안의 이야기를 솔직하게 털어놓는다고 치자. 한 달 정도 휴식을 갖고 다시 나타난 영상 속에서 꺄르르 웃는 나를 보며 사람들은 어떻게 생각할까. 그렇게 힘든 척은 다 하더니 별거 아니었네, 라고 생각하지는 않을까. 그러면 두 달을 쉬면 어떨까. 아니 세 달을 쉬면 충분하려나. 그렇게 오래 휴식을 갖는다면, 그동안 내 삶의 일부였던 나의 유튜브 채널은 어쩌지. 이렇게 오래 쉬어버리면 사람들에게 잊히는 것은 아닐까. 아마도 내 연관검색어는 이제 금수저가 아니라 아빠의 과대망상이나 정신분열이 될지도 모른다.

　나는 꼬리표처럼 나의 가정사가 언제나 나를 따라다닐까 두려웠다. 그렇다고 아빠의 오랜 투병생활과 죽음으로부터 받은 고통을 아무렇지도 않은 척 담담하게 이야기할 자신도, 성공하고 있던 커리어를 내려놓을 용기도 없었다. 나는 그렇게 그 어떠한 제대로 된 선택도 내리지 못한 채로 계속 밝은 모습으로 영상을 만들어나갔다. 축 처진 얼굴로 우울한 이야기나 하는 영상은 누구도 끝까지 보지 않을 테니 말이다.

불행인지 다행인지, 사람들은 전혀 나의 상황을 눈치채지 못했다. 영상 속 나는 분명히 나였지만, 내가 아니었다. 쉬지 않고 영상을 만들어댄 덕에, 구독자 수는 50만 명을 넘어섰고 더 많은 사람들이 나의 영상을 좋아해주었지만 나는 외로웠다. 무엇을 위해 나는 이렇게 일하는 걸까. 나의 영상을 사랑한다고 하는 저 사람들에게 아빠의 부고 하나 알리지도 못하면서, 나는 그들에게 '오늘도 제 영상을 보러 와주셔서 감사해요!'라는 댓글을 웃고 있는 이모티콘과 함께 남기고 있었다.

그렇게 아무렇지도 않은 듯 생활하며 몇 개월이 지났지만, 나는 내 인생이 전혀 행복하지 않다고 느꼈다. 아니, 시간이 지날수록 점점 더 불행해지는 것 같았다. 항상 누구와 같이 있어도 외로웠고, 무엇을 하고 있어도 초조했다. 일을 열심히 하고 있지만 누구에게도 인정받지 못하는 기분이 들었고, 엄마는 나를 점점 더 믿어주지 못하는 것 같았다. 잘 살아보려고 애쓰는데도 남자친구에게 "너는 너무 감정적이고, 의존적이라 날 힘들게 해"라는 말을 듣곤 했다.

나는 이 상황을 쉽게 받아들일 수가 없었다. 적어도 아픈 아버지가 있을 때는 내 우울한 감정에 핑계라도 댈 수 있었고 그것만 없어지면 나는 멀쩡해질 거라고 믿었는데, 아버지가 돌아가시고 나서도 여전히 우울하고 불행했고, 정말 나에게 문제가 있어서 그런 게 아닌가, 라는 생각이 들었다. 나는 뭐가 문제지? 도대체 어디서부터 잘못된 거지? 끊임없는 질문이 맴돌았다. 더 이상 이렇게 살고 싶지는 않았다. 정말 이렇게 사느니 죽는 게 나을 것 같았다.

'나는 행복하게 살고 싶어. 도대체 어떻게 해야 내가 행복하게 살 수 있는 거야?'

나는 이 질문의 답을 찾으러 떠났다. 맨 처음 내가 한 일은 5년 동안 나름 성공가도를 달려오던 유튜브를 그만두는 것이었다. 나는 스스로가 행복하지 않은 상태로 사람들에게 행복을 주는 콘텐츠를 만들 자신이 없었다. 나는 과감히 유튜브에 사표를 던졌다.

그리고 1년이 지난 지금 나는 하고 싶은 만큼만 일하면서도 더 만족스럽고, 엄마는 내가 좋아하는 일을 하라며 응원해주고 있고, 내가 잠시 불안해하거나 우울해해도 나를 있는 그대로 아껴주는 친구들과 함께하고 있다. 요즘 나는 '이렇게 계속 살면 좋겠다'라고 생각한다. 무슨 일이 일어난 걸까?

나는 내 인생이 변화한 이야기를 남기고 싶어졌다. 열심히 살면서도 스스로를 자책하며 미워하고 있을 누군가에게 그리고 혹시 미래에 이 마음을 잊고 또 다시 힘들어하고 있을 수 있는 나를 위해, 이제부터 내 비밀 일기를 들려주려고 한다.

차례

프롤로그 영상 속 나는 분명히 나였지만, 내가 아니었다 … 006

1부
멈춤

1. 유튜브를 그만두었다

나를 좋아하는 사람이 세상에 많아졌다 … 022
알쏭달쏭한 크리에이터의 정체성 … 025
진짜 내 모습을 알아도 좋아해줄까 … 028
어디까지가 악플인 걸까 … 032
크리에이터라는 고독한 직업 … 042
사랑받기 위해 애쓰는 존재 … 048
결국 내려놓음을 선택했다 … 056
초라해지던 날 … 063

2. 아무 일도 일어나지 않았다

하고 싶은 대로 살아도 아무 일도 안 일어나 … 066
이유 없는 쉼도 필요해 … 072
쉬는 건 숨 쉬듯이 당연한 거야 … 078
크리에이터 밤비걸이 아닌 인간 심정현과의 인터뷰 … 079
햄토리처럼 살아간다는 건 … 082

3. 이제야 나를 알아가기 시작했다

어른스러운 아이 … 084

나를 알아가는 과정 … 086

선생님과의 타임머신 상담 … 088

사실은 나에게 말하고 있는 걸지도 … 094

그럴 만해서 그런 거야 … 096

행복은 내가 내 편일 때 시작된다 … 099

기댈 줄 아는 사람 … 102

4. 마음 한구석 감춰둔 이야기

나의 아빠, 나의 엄마 … 110

엄마와의 적당한 거리 … 114

선택 … 118

화목한 가족 판타지 … 120

첫 번째 전환점 변화의 시작 … 127

두 번째 전환점 그런 건 정말 판타지였을지도 몰라 … 133

세 번째 전환점 가족에 대한 새로운 정의 … 139

사랑한다고, 자주 말해주세요 … 141

아직도 … 144

2부
연습

5. 자존감이란 단어 떠올리지 않기

자존감이라는 단어 ··· 150
나를 위한 진짜 자존감 ··· 154
자존감을 높이는 가장 빠른 방법 ··· 158
감정 편식 ··· 162
지속가능한 자존감 ··· 164

6. 남 탓하기 연습

마음의 목소리에 귀 기울이기 ··· 168
내면의 아이 다독이기 ··· 173
생각의 전환 ··· 176
어쩔 수 없지, 뭐! ··· 178
당신도 그렇습니다만 ··· 179
판단 ··· 180
세 사람 ··· 182
내 안의 에너지 소중히 여기기 ··· 185
사회생활 꿀팁 ··· 190
개인주의자의 다짐 ··· 192

7. 나를 못나게 만드는 연애 끝내기

이별을 앞두고 찾아오는 두려움 … 194

웃다가도 가끔은 불안해 … 199

또다시 연애가 끝났다 … 202

독립적이지 않은 사람 … 204

좋은 연애와 나쁜 연애 구별법 … 206

상처 주는 연애가 안 좋은 진짜 이유 … 207

산으로 가는 대화 방식 … 210

반성한다, 친구야 … 212

이별이 알려준 나에 대한 사실 … 214

드라마가 연애를 망쳤다 … 216

소개팅 일기 1 … 221

소개팅 일기 2 … 225

개봉 후 교환·환불이 불가합니다 … 232

8. 남을 위한 꾸밈 금지

자기만족 … 234

꾸밈 단축 … 237

지상 최대의 난제 … 238

마음껏 꾸며도 괜찮아 … 240

자유 … 246

3부

다시

9. 일상 속에 깨달음이 있다

시시한 취미의 장점 … 252
나에게 개근상을 주자 … 254
애쓰면 애쓸수록 애처로워지니까 … 255
항상 네 편이라는 말 … 260
상대방을 위한 믿음 … 262
합리적 의심 혹은 몽상 … 264
완벽한 인생? … 266
효도가 뭐 별건가 … 267
나다운 결혼식 … 269
인생이라는 영화 … 272

10. 나와 너에게 들려주고 싶은 말들

잘되지 않아도 괜찮아 … 276
나도 그렇게 살아보려고 해 … 278
여유로운 사람 … 280
있잖아, 나는 이제 그런 사람이 좋더라 … 282
더는 '척'하지 않을 거야 … 283
엄마에게 올립니다 … 286

에필로그 다시 유튜브를 시작했다 … 289
감사의 글 … 294

1부

멈춤

더 이상 이렇게 살 수는 없다.
내 인생을 이렇게는 살고 싶지 않다.
사랑받기 위해 애쓰고,
사랑받지 못할까 초조해하며 살고 싶지 않다.

나는 도망쳐야만 했다.
이곳에서.
나를 사랑을 구걸하는 못난 사람으로 만드는 이곳에서.

1.

유튜브를
그만두었다

나를 좋아하는 사람이
세상에
많아졌다

    오래전 내가 처음으로 유튜브 채널을 만들었을 때를 돌이켜보면, 나는 내 직업이 크리에이터가 될 줄은 꿈에도 생각하지 못했다. 이렇게 많은 구독자를 갖게 될 줄도 몰랐다. 유튜브는 그저 나의 가장 큰 취미생활이었다. 사람들이 나에게서 도움을 얻고 내 콘텐츠로 즐거워하는 모습을 보는 것은 큰 기쁨이었고, 소소한 일상을 활기차게 만들어주었다. 그리고 당시 내 꿈은 쇼호스트였기에, 이렇게 혼자서 카메라 앞에 서는 연습을 하다 보면 훗날 대형홈쇼핑에서 유명한 쇼호스트가 될 수도 있지 않을까 생각했다. 그렇게 몇 개월 정도 지났을까. 틈틈이 콘텐츠를 만들던 내게 아주 솔깃한 제안이 들어왔다. CJ E&M의 MCN 부서

(현 DIA TV)에서 새로 런칭한 플랫폼에 내 콘텐츠를 사용하는 대신 내게 소정의 비용을 지불하겠다는 것이었다. 그 소정의 비용은 5만 원밖에 되지 않는 돈이었지만 당시 대학생인 나에게 5만 원은 꽤나 쏠쏠한 부수입이었다. 담당자는 내게 한 달에 4개 정도의 영상만 우선 만들어보는 것이 어떻겠냐고 제안했고, 나는 취미생활을 즐기고 돈도 벌 수 있겠다는 생각에 흔쾌히 그 서비스에 참여하게 되었다. 그렇게 나는 본격적으로 크리에이터 생활을 시작하게 되었다.

나는 마치 물 만난 고기처럼, 멍석이 앞에 깔린 춤꾼처럼 콘텐츠를 만들어냈다. 나는 사람들에게 나를 드러내는 것에 거리낌이 없었다. 필터가 없는 솔직함은 내 채널의 정체성이 되었고, 뻔한 일상을 보내던 나에게 카메라 너머 만나는 사람들의 댓글만큼 재미있는 말동무도 없었다. 가끔 주변에서 크리에이터를 잘하려면 뭐가 필요하냐고 묻는 사람들에게 나를 향한 관심을 즐기는 마인드와 시도 때도 없는 호들갑이라고 단번에 말하곤 했는데, 나는 그 두 가지를 타고난 사람이었다.

그렇게 어느새 구독자는 10만 명이 넘어가고, 길에서 나를 알아보는 사람이 생겼으며, 생애 최초로 구독자와의 팬

미팅을 열기도 했다. 나를 좋아하는 사람이, 나를 알아보는 사람이 이렇게나 많다니. 너무나도 빠른 속도로 늘어나는 구독자 수에 어찌할 바를 몰라 허둥댄 적도 있었지만, 그럼에도 불구하고 길을 나설 때마다 오늘은 누가 또 알아봐줄까 기대했던 것을 보면 나에게 그 모든 두려움들은 성장하며 느끼는 즐거움의 한 종류였던 것 같다.

외국 어느 곳을 가던지 구독자들을 만나서 이야기를 나눌 수 있을 때, 내 영상을 보며 외로움을 극복했다는 장문의 편지를 받을 때, 내 영상을 보는 것이 하루를 마무리하는 낙이라는 댓글을 볼 때, 나는 행복했다. 나는 누군가에게 좋은 영향을 주는 사람이라고 느끼게 되었다. 내 삶의 의미는 그런 것이었다.

알쏭달쏭한
크리에이터의
정체성

　유튜브 크리에이터를 어떻게 정의 내릴 수 있을까. 셀러
브리티? 인플루언서? 혹은 연예인? 앞선 그 어떤 단어도
명쾌하게 크리에이터를 설명하지는 못하는 것 같다. 크리
에이터 생활을 오래 해온 내 경험에 비추어보았을 때, 나
는 크리에이터를 연예인이기도 하고 일반인이기도 하며
전문가이기도 한 사람이라고 말하고 싶다. 성공한 크리에
이터는 이 세 가지의 특성이 교묘하게 섞여 있는데, 이 세
가지 특성을 자세히 살펴보면 꽤나 서로 상반된 특성을 갖
고 있음을 알 수 있다. 이 점이 외부에서 바라볼 때 크리에
이터라는 직업을 매우 흥미롭게 만드는 것 같다.
　예를 들어 사람들의 관심과 사랑을 바탕으로 성장한다

는 점, 많은 사람들에게 영향력을 행사한다는 점에서는 연예인과 비슷한 특성을 가지고 있다. 그들은 자신의 구독자들을 바탕으로 탄탄한 인지도를 쌓아올리며 웬만한 연예인 못지않은 인기를 누리고 있다. 하지만 그들의 매력 포인트는 어디에서 오는가, 바로 친근함이다. 일반인과 같은, 내 주변에서 쉽게 볼 수 있는 사람인 것 같은 친근한 매력이 사람들을 사로잡는다. 사람들은 이 포인트에서 크리에이터의 창작물에 더 공감을 하고 크리에이터라는 존재를 자신의 친한 친구처럼 느끼게 된다. 크리에이터의 목표는 연예인처럼 범접할 수 없는 아우라를 갖는 것이 아니라, 많은 사람들이 자신을 친구처럼 느끼게 하는 것이다. 미국의 유명한 뷰티 크리에이터였던 미셸 판^{Michelle Phan}도 자신은 "연예인이 아니라 구독자들의 친구"라고 말했다.

하지만 좋은 크리에이터에게는 전문적인 요소도 분명히 필요하다. 전문적인 요소는 한마디로 '덕후의 기질'이라고 바꿔 말할 수 있다. 지금의 톱 크리에이터들은 각자 자기 분야의 덕후들이다. 그들은 자기가 좋아하는 분야라면 남들보다 깊게 파고드는 기질과 열정적으로 탐색하는 성향으로 자신만의 콘텐츠를 만들어내고, 구독자들에게 어디서도 쉽게 찾을 수 없는 흥미로운 정보들을 제공한다.

이 세 가지 특성의 경계를 잘 지킨다는 것은 내게 콘텐츠를 만드는 것보다도 더 어려운 일이었다. 사람들에게 나의 모습을 어디까지 보여줘야 하는 것인지, 구독자는 나에게 친구인지 고객인지, 그 무엇도 내겐 명확하지 않았다.

자신이 좋아하는 일을 하면서 돈도 번다는 것. 누구나 한 번쯤은 꿈꾸는 일이 아닐까. 운이 좋게도, 나의 콘텐츠는 점점 더 많은 사람들에게 사랑을 받게 되었고, 어느 순간부터는 직장에 다니는 친구들보다 더 많은 돈을 벌게 되었다. 그래, 여기까지는 누구나 원하는 해피엔딩일지도 모르겠다. 하지만 나는 크리에이터 생활을 시작하면서 아주 중요한 사실을 알지 못했다. 크리에이터로서 살아간다는 것은 나라는 사람이 곧 콘텐츠가 된다는 것이다. 나라는 사람이 하나의 브랜드가 되고, 나라는 사람이 상품이 되는 일이다.

진짜 내 모습을
알아도
좋아해줄까

나는 꽤 유명한 크리에이터라는 말을 들을 만큼 많은 구독자를 모으게 되었다. 그럼에도 불구하고 일을 하면서 느끼던 외로움은 가시지 않았다. 이상한 일이었다.

지금으로부터 몇 년 전의 나는 유튜브에서 구독자가 많은 크리에이터들의 영상을 보면서 나도 언젠가는 꼭 그들처럼 되리라고 다짐했고, 저렇게 많은 사람들에게 사랑을 받게 된다면 얼마나 행복할까 부러웠다. 그리고 시간이 지나 지금의 나는 그들과 같은 삶을 살고 있음에도 불구하고 나의 삶은 행복과는 거리가 있는 것 같았다. 분명히 많은 사람들에게 사랑받고 있음에도, 사랑받고 있는 것처럼 느껴지지 않았다. 무엇이 잘못된 걸까. 내 문제인 걸까.

이런저런 고민들에 빠져 있던 어느 날, 나는 문득 이런 궁금증이 들었다. 사랑받고 있다는 것은 어떤 것일까. 언제 우리는 사랑받고 있다고 느낄까. 이 질문의 답은 사람마다 조금씩 다를 테지만, 내 인생에서 '사랑'이라는 것의 기억을 되짚어본다면 생각나는 장면들이 몇 가지 있었다. 그 장면 속에 나오는 인물들은 모두 달랐지만, 그곳에는 한 가지 공통점이 있었다. 바로 슬퍼하고 우울해하던 나의 모습과, 그 모습을 보듬어주던 사람이다.

나조차도 이런 내 모습이 답답하고 싫어질 때, 나에게 "누구나 그럴 수 있어"라고 말해주거나, 나는 왜 이 모양인가 자책할 때, "네가 뭐 어때서"라고 나를 지지해주는 사람들 말이다. 아이러니하게도 내가 사랑을 느끼던 순간은 인생에서 가장 행복하고 기쁜 순간이 아닌 내가 어두운 곳에서 좌절하고 있을 때였다. 내 얼굴에 미소만 가득할 때에는 진짜 사랑과 가짜 사랑을 구별해내기 힘들다. 결국 나라는 인간이 사랑을 느끼기 위해서는 꾸미지 않은 날것의 거칠고 얼룩진 모습에도 변하지 않고 따뜻한 마음을 건네주는 사람들이 필요했던 것이다.

나는 유튜브에서 수십만 명의 구독자를 가지고 있었고, 그들의 대부분은 내 영상을 좋아해서 구독했음이 분명했다. 나를 좋아하지도 않으면서 구독하는 이상한 사람은 그에 비하면 정말 소수에 불과할 것이다. 이렇게 겉으로 보기에 아무 문제가 없어 보이는 이 상황이 내게 문제가 되었던 이유는, 내가 그들에게 나의 활기차고 밝은, 그야말로 좋은 모습만을 보여주었기 때문이다. 사람들은 그런 나의 밝은 모습을 좋아했다. 그리고 그 시절의 나에게는 사람들이 좋아하는 모습에서 벗어날 수 있는 용기가 없었다. 나는 사랑받고 싶었고, 성공하고 싶었다. 그 욕심은 나에게 보기 좋은 가면을 씌웠다. 아이러니하게도 사랑받고 싶은 마음이 도리어 나를 가두고 사랑을 느낄 틈이 없게 만들어버린 것이다. 나에게 사랑은 구독자 수나, 조회수가 아니었음을 그때는 깨닫지 못했다.

언젠가는 그 가면이 너무 답답해, 보기 싫으면 보지 말라는 장문의 글을 소셜미디어에 올린 적이 있었다. 평소의 나답지 않게 꽤나 날카롭고 딱딱하고 공격적인 글이었다. 지금 다시 돌아가서 그 글을 쓸 것이냐고 한다면, 나는 절대 쓰지 않을 것이지만 그 당시에 나는 도대체 나를 그렇게 싫어하면서, 왜 내 채널을 찾아오는 걸까 이해할 수가 없었다. 나는 내가 가진 그 어두운 감정을 있는 그대로 표출했다. 정말 그것은 날것의 감정이었다.

그리고 그 끝은 내 생각보다 더 처참했다. 그 글은 생각지도 못하게 '논란'이 된 것이다. 내 소셜미디어에서, 사람들은 나를 지지하는 쪽과 지지하지 않는 쪽으로 나뉘어 갑론을박을 다투었다. 누군가는 맞는 말이라며 나를 응원해주기도 했고, 누군가는 내가 사람들의 관심을 먹고 살면서 그것에 감사한 줄 모르고 자기 좋은 것만 하려는 이기적인 사람이라고 말하기도 했다. 구독자 수가 떨어져봐야 정신을 차린다고 말이다. 그리고 실제로 그 일 이후로 나의 구독자 수는 소폭 감소했다. 그렇게 비슷한 일을 몇 번 겪고 난 뒤, 나는 깨달았다. 이곳에서는 나의 어두운 모습을 쉽게 보여서는 안 된다는 것을, 이곳에서 살아남고 싶다면 상처받고 약한 모습을 보이지 않아야 한다는 것을 말이다. 그것은 누군가에게는 먹잇감이 되고, 쓸데없는 논란으로 이어지기 딱 좋은 모양새였다. 나는 강해져야만 했다. 그리고 상처에 무뎌져야만 했다.

어디까지가
악플인 걸까

사람들과 이야기를 나누다 보면, 나라는 사람에 대해서 궁금해하기보단 요즘 유명해진 직업에 대해서 궁금한 마음에 스쳐 지나가듯 질문들을 던져놓는 경우가 많다. 하지만 나를 더 이해하고 싶은 마음에 질문을 하는 이도 있다. 그 사람은 내게 그런 사람 중 하나였다. 그는 조심스럽게 물었다.

"일하면서 어떤 게 가장 힘들었어? 악플 이런 것들 때문인 거야?" 많은 사람들이 그렇게 생각할 것이다. 안 좋은 댓글들이 나에게 가장 큰 상처를 주었을 것이라고, 그것이 크리에이터를 하면서 가장 힘든 부분이 아니겠냐고 말이다. 물론, 안 좋은 댓글들이 나의 마음을 아프게 한 적도 많다. 하지만 그렇게 받은 상처들은 시간이 지나면서 조금씩 희미해졌다. 왜냐하면 누가 봐도 저 사람이 나쁜 사람이니까, 누가 봐도 저 사람이 너무한 것이라고 아무런 의심 없이 상대방 탓을 할 수 있기 때문이다. 시간이 조금 더 지나가면, '저 사람이 이상한 사람이었네'라고 나를 다독일 수 있었다.

그런데, 어느 순간부터인지 나는 댓글들 속에서 무엇이 악플이고, 무엇이 악플이 아닌지 구분하는 것에 어려움을 느끼기 시작했다. 무엇이 충고이고 무엇이 오지랖일까. 어디까지가 나를 위해서 하는 말일까. 사람들은 그 경계가 모호한 말들을 많이 던졌다.

예를 들어, "뷰티 크리에이터라면 화장 연습을 좀 더 하셔야 할 것 같아요"라는 말은 악플일까. 어찌 보면, 쇼핑몰에 올라오는 상품평과 비슷한 게 아닐까. 내 콘텐츠를 소비하며 들었던 생각들이 쇼핑몰에 남기는 상품평처럼 남겨지는 것은 당연하다. '그래. 내 화장 실력이 부족해서겠지. 이걸 악플이라고 할 순 없지.' 그렇다면 이런 댓글은 어떨까.

"화장도 못하면서 무슨 뷰티 크리에이터인지. 진짜 자기가 뷰티 크리에이터라고 생각하세요?" 이것은 악플일까 아니면, 이것 역시 나의 발전을 위한 쓴소리일까. 어디까지가 악플이고, 어디까지는 악플이 아닐까. 나를 위해서 하는 말이라는 사람들의 말을 나는 어디까지 들어야 할까. 무엇이 진정 나를 위한 말일까.

나는 계속 끊임없는 미궁 속으로 빠졌고, 나를 탓할 수도 그리고 저런 말을 나에게 한 상대방을 탓할 수도 없이 마음의 상처들만 쌓이고 있었다. 나는 답답한 마음에 주변 사람들에게 그들은 무엇을 악플이라고 생각하는지, 악플의 정의를 묻곤 했다. 그리고 많은 사람들은 내게 이렇게 말했다.

"네가 듣고 기분이 나쁘면, 그건 충고가 아니야. 어쨌든 네가 상처를 받았다면 그건 악플인 거지."

이런 말을 들으면, 누군가는 무릎을 탁 치며 정말 명쾌한 정의라고 할지도 모르지만, 그때의 나는 겉으로는 그 말을 수긍하면서도, 마음 한편으로는 그렇게 단순하게 정의를 내려버려도 되는 건지 불안했다.

'혹시라도 내가 너무 이런 것들에 예민한 사람인 거 아닐까', '이렇게 그냥 내 마음이 가는 대로 해도 괜찮은 걸까?'

하지만 내 주변 사람들은 단호했다. 그들은 나를 상처 주는 말에 일일이 답할 필요는 없다며, 너의 그런 약해 보이는 행동들은 그들에게 먹잇감을 던져주는 꼴밖에 안 된다고 했다. 그런 댓글들에 더 강해져야 한다고, 더 아무렇지 않은 척 대응해야 한다고 했다.

고민 끝에 나는 사람들의 말을 믿어보기로 했다. 내가 기분이 나쁘면 그건 충고가 아닌 거라고 말이다. 나에게 상처 주는 말들은 무시해도 괜찮다고 말이다. 그 생각에 무슨 대단한 확신이 있어서는 아니었다. 그저 많은 사람들이 말하는 이 방법이 나에게 덜 상처 줄 수 있는 길이기를 바랄 뿐이었다. 이렇게 하는 게 맞는 것인지 알 수 있는 방법은, 결국 그렇게 행동해보는 방법밖에 없었다.

'그래. 어찌됐든 내가 마음이 편해야 이 일을 오래할 수 있지.'

그렇게 나는 기분이 나쁜 댓글들에는 답변을 하지 않기 시작했다. 너무 화가 나는 날에는 그 계정들을 차단하기도 했다. 그리고 이렇게 나에게 상처를 주는 말들에 관심을 더 이상 주지 않으면, 그런 댓글들이 자연스럽게 줄어들지 않을까라는 기대감도 가지고 있었다.

그 후로 몇 번의 콘텐츠가 더 만들어졌을까. 어느 날부터 내 영상에 이런 댓글들이 달리기 시작했다.

"매번 구독자들이 지적했던 메이크업 실력 부족, 말 빠른 거, 자기과시는 변함없이 또 다음 영상을 들고 오시겠죠. 왜냐면 비판 댓글마저도 나쁜 댓글로 보시기 때문이에요."

"비판과 비난은 다른 건데 구분을 못하시는 거 같네요."

"너희들이 뭐라고 하든 나는 아무렇지도 않아. 너희들끼리 댓글에서 떠들라는 건가요?"

어느새 나는 유튜브 속에서 구독자들의 의견은 듣지도 않는 고집불통에 이기적인 사람이 되어버린 것이다. 아이러니하게도, 내가 주변 사람들의 조언을 듣고 옮긴 행동들이 나를 주변 사람들의 조언 따위는 듣지 않는 사람으로 만들었다.

사람들은 항상 내게 말했다. 모두에게 사랑받을 수 없으니, 너를 싫어하는 사람들의 말도 적당히 무시하고 넘어갈 줄도 알아야 한다고, 그래야지만 네가 더 편안하고 행복하게 살아갈 수 있다고 말이다. 그들의 말에는 틀린 것이 하나도 없었지만, 그 말대로 유튜브 채널을 운영한다는 것은 내게 쉽지 않았다. 그리고 사람들의 말처럼 더욱 편안하지도, 행복하지도 않았다. 나는 왜 이 모든 것들이 편안하지 않을까. 기나긴 고민 끝에 생각해낸 이유는 크게 두 가지였다.

첫 번째 이유는 유튜브라는 생태계 속에서 나는 사람들

의 관심이 곧 나의 커리어라는 것을 부정할 수가 없었다. 유튜브 크리에이터를 취미가 아닌 직업으로 삼는 순간부터, 친구였던 구독자들은 콘텐츠를 소비하는 소비자가 된다. 그리고 조회수, 구독자 수, 댓글 수, 좋아요 수와 같은 그들의 반응은 나의 직업적 커리어를 평가할 수 있는 강력한 지표가 된다. 하루가 멀다 하고 인터넷에서는 어떤 크리에이터가 구독자 수가 가장 많은지, 조회수가 가장 높은지를 기사화하고, 브랜드들은 자신의 제품들이 콘텐츠에 협찬되었을 때 브랜드 이미지가 손상되지 않게끔 구독자들의 반응이 좋은 크리에이터들을 찾아다닌다. 크리에이터는 그야말로 구독자들의 반응과 사랑을 먹고사는 직업인 것이다.

이런 상황들 속에서, 사람들의 안 좋은 반응을 그저 무시하고만 있다는 것은 어찌 보면 크리에이터로서 나의 직업적 커리어를 관리하고 있지 않다는 뜻이기도 했다. 6년간 유튜브에서 활동하면서, 나는 크고 작은 실수로 자신의 커리어를 잃어버리게 된 크리에이터들을 많이 보았다. 그들 중에는 물론 사회적 지탄을 받을 만한 일을 한 사람도 있었지만, 사람인지라 항상 완벽할 수는 없기에 저질러진 실수들도 분명 있었다. 나의 작은 실수가 그들처럼 되지 않으리라는 보장이 있을까. 나는 크리에이터라는 직업이 사람들의 눈 밖에 나면 언제든지 먼지처럼 사라질 수 있는 불안정한 존재처럼 느껴졌고, 내가 좋아하는 일을 계속 하기 위해서라도 사람들의 댓글들을 언제까지고 마음 편히 무시할 수만은 없었다.

그리고 두 번째 이유는 사람들의 관심과 사랑은 그저 돈이나 커리어적인 문제를 떠나서 내가 이 일을 시작하게 된 이유이기도 했다. 내가 사람들의 이런저런 반응들로 힘들어할 때 주변에서는 댓글창을 그냥 아예 보지 않으면 되는 거 아니냐고 말하는 사람들도 있었다. 맞다. 그렇게 하면 간단하게 해결된다. 나는 더 이상 댓글들에 상처받지 않고 자유로워질 수 있다. 하지만, 그렇게 영상을 만드는 것이 무슨 의미가 있단 말인가. 그렇게 사람들의 반응도 하나도 보지 않을 거라면, 나는 왜 유튜브에 영상을 올려야 할까. 사람들과 소통하는 것이 싫다면, 그저 글은 일기장에 쓰면 될 것이며, 영상은 컴퓨터에 저장하면 될 것이다. 분명히 나에게 유튜브는 직장이기 이전에 사람들과 소통하는 창구였다. 구독자들은 소비자이기 이전에 나의 일상을 공유하는 친구였고, 나의 인생을 더 보람차게 만들어주는 사람들이었다.

지독히도 피곤했던 날, 이 길이 내 길이 맞을까 고민스러웠던 날, 구독자들의 댓글들은 나를 다시 카메라 앞으로 이끌어줬고, 사람들에게 좋은 물건을 추천해주는 쇼핑호스트를 꿈꾸던 어린아이는 유튜브에서 구독자들과 함께 그 꿈을 실현하고 있었다. 이런 나에게, 안 좋은 댓글들을 피하기 위해서 모든 댓글들을 피하라는 말은 내가 좋아서 시작한 이 일에 더 이상 그만큼 마음을 쏟지 말고 기계처럼 대하라는 말과 다를 바가 없었다. 고작 이렇게 일하려고 내가 부모님의 반대를 무릅쓰고 유튜브를 시작했단 말인가.

크리에이터라면 모두 공감할 것이라고 믿는다. 결국 구독자들의 관심과 사랑이 크리에이터들의 열정에 기름을 부어주는 존재라는 것을. 그렇다면, 유튜브라는 플랫폼이 크리에이터들에게 힘이 되고 도움이 될 만한 댓글과 그렇지 않은 댓글을 잘 구별해서 보여주면 좋으련만, 유튜브는 생각만큼 그렇게 완벽하지 않았다.

유튜브에는 단어로 나쁜 말을 필터링하는 시스템은 갖추어져 있지만, 뉘앙스로 응원과 비난을 구분해내는 시스템은 존재하지 않는다. 어떤 크리에이터도 좋은 댓글만 받는 사람은 없으며, 결국 이 시스템 속에서는 누구든지 응원의 댓글을 찾아보다가 상처가 되는 댓글들과 마주치게 되는 것을 피할 수 없다. 그러니 결국 크리에이터라면 누구나 두 가지 중 하나를 선택해야 한다. 모든 댓글을 보며 상처들을 받아들이거나, 아무 댓글도 보지 않고 고독하게 콘텐츠를 생산하거나.

크리에이터라는
고독한
직업

    크리에이터가 고독한 직업이라고 이야기한다면, 아마 많은 사람들은 고개를 갸우뚱할 것이다. 그러나 내가 크리에이터 생활을 하며 지켜보고 이야기를 나누어본 많은 크리에이터들은 하나같이 입을 모아 '크리에이터는 외로운 직업'이라고 말한다. 이유는 무엇일까.

    겉으로 보기에 그들의 삶은 외로움과는 거리가 먼 듯하다. 크리에이터들은 하루에도 몇 번씩 인스타그램과 페이스북 그리고 유튜브를 통해 많은 사람들과 소통하고 있으며, 문 밖으로 한 발자국만 나가면 그들을 알아보고 인사를 건네는 사람들이 존재한다.

    또 그들의 일상은 어떠한가. 그들은 인플루언서라는 이

름으로 다양한 행사에 초청되며, 각종 회사에서 종종 선물을 보내기도 한다. 잦은 해외여행과 출장, 그리고 그곳에서 찍은 멋들어진 사진들은 사람들에게 그들의 화려한 삶을 각인시키기에 충분하다. 오늘도 뉴스에서는 그들에 대해 이야기한다. 누구는 강남 모처에 집을 샀다고, 한 달에 돈을 얼마큼 벌었다고 말이다.

하지만 많은 사람들이 일반적으로 알고 있는 이런 이야기들 이면에는 상담센터를 찾고, 정신과 약을 먹고, 우울증에 시달리는 크리에이터들이 존재한다. 그리고 나도 그들과 같이 외로움을 안고 우울감에 빠져 있던 사람 중 한 명이었다.

얼마 전 길에서 우연히 크리에이터 시절 알고 지내던 G를 만났다. G는 나와 다른 카테고리의 영상을 만드는 크리에이터로 유튜브에서 개최하는 행사에서 몇 번 만난 후 친해졌다. 우리는 소리를 지르며 오랜만이라고 반가워했고 나는 G에게 요즘도 계속 콘텐츠를 만드는지, 잘 지내고 있는지 물었다. G는 약간은 쓸쓸한 미소를 지으며 말했다.

"콘텐츠는 계속 만들고 있어요. 그런데 힘들어요. 요즘은 너무 외로워서 사람들을 만나러 일부러 밖으로 나가요."

나는 G의 웃고 있는 눈에서 슬픔이 비쳐 보이는 것을 느꼈다. 무엇이 그를 외롭게 했을까. 그는 누가 보아도 활발하고 웃음이 많은 사람이었다.

"저도 크리에이터를 하면서 많이 외로웠어요. G님은 어떤 것 때문에 외로우셨어요?" 나는 물었고, G는 대답했다.

"무슨 댓글이라도 달리면 좋을 텐데 콘텐츠에 아무 반응이 없으니까 영상을 만들면서도 항상 외롭더라고요."

G의 대답을 듣고 나는 유튜브를 처음 시작했을 때를 떠올려보았다. 그리고 그때를 생각해보며 나는 그녀의 외로움이 무엇일지 어렴풋이 짐작할 수 있었다.

7년 전 처음 블로그를 시작했을 때, 나는 '어쩌면 나도 파워블로거가 될지도 모른다'는 부푼 꿈을 갖고 있었지만 그 꿈이 깨지는 데는 채 일주일도 걸리지 않았다. 나는 매일 정성스럽게 포스팅을 올렸지만 조회수는 몇백 명에 불과했고 이마저도 처음 시작한 사람치고는 꽤 잘 나온 편이었다. 댓글은 자신의 블로그에 놀러 오라는 광고성 댓글밖에 없었으며, 진정으로 나의 콘텐츠를 찾아주는 사람은 없다고 봐도 무방했다.

아무도 없는 허공에 소리치는 그런 상황에서 1년 넘게 블로그를 운영하는 동안, 파워블로거가 되어서 유명해지겠다는 꿈은 이미 없어져버린 지 오래였으며, 투자한 시간에 비해 성과가 나오지 않는 것이 분명함에도 불구하고 이만큼 공을 들여서 하는 게 맞는 것인지 깊은 고민에 빠졌다.

그쯤 유튜브를 처음 시작했지만, 상황은 별반 다르지 않았다. 구독자가 몇만 명 정도 모여서 내 콘텐츠를 꾸준히 찾아주는 사람이 생길 때까지 꼬박 1년이 넘는 시간이 걸렸고, 그 시간 동안 나는 지나가던 누군가가 와서 나를 찾아주길 바라는 마음으로 아무도 존재하지 않는 허공에 나의 존재감을 외쳤다. 그 시간은 분명 고독하고 외로운 시간들이었다.

내 경우에는 보통 10분짜리 영상을 만들 때 촬영에 2시간, 편집을 하는 데 평균 10시간에서 15시간 정도 걸렸는데, 하루를 잡고 생각해보면 밥을 먹고 화장실에 가는 시간을 빼고는 온통 카메라와 컴퓨터 앞에서 홀로 시간을 보내야만 겨우 영상을 하나 만들어낼 수 있었다. 천천히 쉬엄쉬엄 하고 싶은 마음도 없지는 않았지만, 조금이라도 늦게 콘텐츠를 만들었다가 나와 비슷한 아이디어를 가진 누군가가 나 대신 먼저 선수를 치지 않을까 하는 초조한 마음에 나는 컴퓨터 앞을 벗어나지 못했다.

크리에이터 생활을 하던 대부분의 날들은 집에서 혼자

촬영과 편집을 하느라 하루 종일 사람과는 한마디도 대화를 나누어본 적이 없어, 입을 열면 텁텁한 느낌이 났다. 그렇게 열심히 밤을 새서 만든 영상에는 댓글이 2개 내지 3개 정도 달렸고, 그 시절의 나는 무엇보다 사람이 고팠다. 올라가지 않는 조회수를 보며 '이 일을 계속 하는 게 맞는 걸까' 스스로 불안할 때도 많았지만 기댈 곳을 쉽게 찾을 수 없었다.

좋아하는 일을 한다는 것만으로도 주변 사람들에게 나의 외로움은 투정처럼 받아들여지기도 했으며, 보통 사람들과는 다른 특이한 일을 하는 탓에 이해를 받기도 쉽지 않았다. 게다가 가족들에게 괜히 힘든 소리를 했다가는 분명 크게 걱정을 하거나 그러게 그런 일은 왜 시작했냐는 잔소리를 들을 것이 뻔했기에 힘든 일이 있어도 혼자 속으로 삭이기 일쑤였다.

오늘도 매스컴에서는 몇 개월 만에 수십만 명의 구독자를 모아 연봉을 억 단위로 번다는 크리에이터들의 이야기에 스포트라이트를 비춘다. 하지만 그 스포트라이트를 받는 손에 꼽히는 몇 명의 사람들의 뒤에는 어둠 속에서 오늘도 누군가 자신을 바라봐주기를 바라며 고독하게 영상을 만드는 99.9%의 크리에이터들이 존재한다.

G는 요즘 크리에이터를 시작하는 사람들을 위한 강의를 나간다고 했다. 그는 자신이 했던 실수를 다른 사람들은 하지 않았으면 하는 마음으로 강연장에 나선다. 영상을 40개나 만들었지만 아직도 구독자가 1,000명도 되지 않는다며 슬퍼하는 사람에게 그는 말한다.

"40개요? 100개는 만들어야 해요!"

사랑받기 위해
애쓰는
존재

    종종 다양한 기업체나 공공기관의 강연에 초청을 받는 경우가 있다. 보통 나는 그곳에서 어떻게 좋은 콘텐츠를 만들 수 있는지와 유튜브를 제대로 활용하는 방법에 대해서 강연을 하곤 했는데, 그렇게 이런저런 강연들에 다니다 보면 아이의 손을 잡고 강연장에 찾아온 부모님들을 심심치 않게 볼 수 있었다.

    한 번은 강연이 끝나고 난 뒤 한 아버지가 나에게 조용히 찾아와 자신의 아이가 중학교 2학년인데 게임 크리에이터를 하고 싶어한다며, 말려야 하는 것인지 지원을 해주어야 하는 것인지 고민이 된다고 했다.

    보통 이런 경우에 사람들은 이 직업이 미래가 있는 직

업인지, 밥은 벌어먹고 살 수는 있는지, 내 자식이 과연 잘
될 수 있을지를 묻곤 한다. 나는 달리 확답을 줄 수 없기에
누구든 몇 개월 정도 취미로 먼저 해보면 자신이 진짜 하
고 싶은 것인지 스스로 깨닫게 될 것이라며(보통은 취미로
몇 개월을 하다 보면 생각보다 너무 힘들어 그만두는 경우가 많다)
우선 자식이 하고 싶은 대로 하게끔 하는 게 좋지 않겠냐
고 말하곤 했다.

　그러던 어느 날 나는 그동안 해왔던 강연의 주제를 바꾸
고 싶다는 생각이 들게 만드는 한 아이를 만나게 되었다.
여섯 살 남짓 된 그 아이는 학교 선배 K의 아들이었다. 오
랜만에 내게 연락을 한 K는 자신의 아들이 유튜브 크리에
이터를 하고 싶어한다며, 한번 자신의 아들과 같이 만나서
이야기도 나누고 앞으로 어떻게 콘텐츠를 찍어야 할지 조
언을 구하고 싶다고 했다. 며칠 뒤 나는 집 근처 커피숍에
서 K와 그의 아들을 만났다. K는 자신의 아들이 공부하는
모습을 영상으로 담고 싶다며, 유튜브를 어떤 식으로 시작
해야 할지에 대한 이런저런 질문을 했다. K가 내게 던졌던
많은 질문들은 내겐 꽤 익숙했던 질문들이기에 여느 때와
같이 차분하게 대답을 이어나가고 있었다. 그러던 중 나는
이 아이에게서 묘한 슬픔을 느꼈다.

이 아이는 누가 봐도 사랑스러운 아이였다. 외모도 물론 사랑스러웠지만, 무엇보다도 나는 이 아이의 초롱초롱한 눈빛이 좋았다. 아이의 눈빛은 순수했다. 세상에 대한 호기심이 있었고, 주변의 눈치를 보지 않고 웃었고, 나에게 말을 거는 모습은 다정했다. 나는 확신할 수 있었다. 이 아이는 부모에게뿐만 아니라 주변 사람들에게도 사랑받으며 살고 있을 거라는 것을. 이 아이는 충분히 그럴 만한 에너지를 갖고 있었다. 아마도 이 아이는 유튜브를 시작하더라도 그곳에서 사람들에게 똑같이 사랑받을 수 있을 것이다. 지금 가지고 있는 에너지가 유튜브를 통해서 사람들에게 전달될 테니까 말이다.

좋은 에너지는 모니터 화면을 통해서도 흩어지지 않는다. 크리에이터에게 '좋은 에너지'는 다른 사람이 쉽게 따라 할 수 없는 자신만의 매력을 만들어내는 아주 중요한 요소임을 오랜 기간 크리에이터를 하며 알게 됐다. 좋은 에너지를 가진 영상은 특별한 편집기술이 없더라도 매력이 있지만, 에너지가 없는 영상에서는 아무리 멋진 편집기술을 동원한다고 하더라도 존재하지 않는 에너지를 만들어낼 수는 없었다. 그러니 이 아이는 타고난 크리에이터로서의 얼마나 큰 역량을 지니고 있단 말인가.

하지만 아이러니하게도 이 아이의 그런 모습은 도리어 나를 더욱 고민하게 만들었다. 지금 내 눈에 비치는 이 아이는 사랑받기 위해 노력하지 않아도 충분한 나이였고, 나는 이 아이가 그 시절 동안 애쓰지 않고도 사랑받고 살기를 바랐다. 어릴 때부터 사람들에게 어떻게 하면 사랑받을 수 있을지를 의식하지 않기를 원했다.

내가 이런 고민을 했던 이유는 분명하다. 유튜브에서 콘텐츠의 성패는 조회수에서 나온다. 그만큼 유튜브는 사람들의 관심이 중요한 곳이다. 달리 말하자면, 크리에이터는 어떻게 하면 더 사람들의 관심을 받을 수 있을지를 끊임없이 고민하는 직업이라는 뜻이다. 크리에이터들은 콘텐츠에 대한 사람들의 반응을 관찰하고, 그 속에서 트렌드를 읽는다. 성공한 크리에이터는 사람들이 원하는 것을 읽어내는 촉이 매우 발달한 사람이지만, 그 속에서 자신이 원하는 것보다 사람들이 무엇을 원하는지를 따라가다가 결국에는 자신을 잃어버리기도 쉬운 직업이었다.

유튜브라는 세상 속에서 사람들의 관심은 무엇보다도 달콤하다. 사람들의 관심은 열심히 찍고 편집한 결과물에 대한 보상이며, 자신의 결과물에 대한 사람들의 인정이기도 하다. 더 나아가 조회수는 인기를 가져다주고 인기는 돈을 벌게 해주니, 그런 생태계 속에서 사람들의 반응에 무관심하기란 무엇보다도 어려울 것이다.

몇 년 전, 유튜브 코리아에서 앰배서더 활동을 하면서 유튜브 채널을 처음 시작하는 사람들에게 어떻게 하면 더 효과적으로 유튜브를 활용할 수 있을지, 어떻게 하면 구독자를 더 빨리 늘릴 수 있을지에 대한 노하우를 공유하고, 같이 고민해보는 자리가 있었다. 똑같은 사람이 출연하고, 비슷하게 편집을 했음에도 불구하고 왜 어떤 영상이 다른 영상들보다 조회수가 높고, 많은 댓글이 달렸는지에 대해서 분석하는 것이다.

크리에이터는 그렇게 매일매일 자신이 왜 사람들에게 사랑받는지를 생각한다. 굳이 거창하게 다양한 통계수치를 의식하지 않더라도 영상 옆에 표시된 조회수를 보며 자연스럽게 이런 생각을 할 것이다.

'왜 이 영상은 평소보다 조회수가 더 높은 걸까?'

우리가 어떤 물건을 파는 사업을 한다고 가정해보자. 예를 들어 과일가게를 열어보는 것이다. 여러 종류의 과일을 팔던 당신은 어느 날 우연히 오렌지를 구비해놓게 된다. 그런데 이게 웬일, 오렌지가 다른 과일들보다 훨씬 잘 팔리는 것이다. 그렇다면 다음에 가게에서 판매할 과일을 사러 갈 때 당신은 오렌지와 다른 과일들 중 어느 것을 더 많이 사오겠는가. 답은 명확하다. 오렌지일 것이다. 그런데 다음 날도 사람들은 다른 과일들보다 오렌지를 더 원하고, 그다음 날도 그렇게 되었다면 어떻게 될까. 아마 당신은 다른 과일들을 더 이상 가게에 가져오지 않을지도 모른다. 그것들이 사라진 자리에는 아마 더 좋은 오렌지가 자리잡게 될 것이다. 사람들이 이 가게에서 원하는 것은 오렌지니까 말이다. 유튜브에서 크리에이터들은 이런 과정을 똑같이 겪는다. 어떤 것이 그들에게 오렌지가 되고, 어떤 것이 다른 과일이 되는지는 알 수 없다. 하지만 누군가에게는 쾌활한 모습이 오렌지가 되고, 누군가에게는 대범하고 실험적인 모습이 오렌지가 되기도 하고, 누군가에게는 얌전하고 차분한 모습이 오렌지가 된다.

사람들은 조회수와 댓글로 자신의 선호를 여과 없이 표현한다. 더 성공한 크리에이터가 되고 싶은 욕심이 생기는 순간부터 당신은 당신 안에 있는 오렌지를 찾아다닐 것이다. 자신이 사람들에게 사랑받는 이유를 의식하면서 말이다. 과일가게에는 오렌지만 있는 것이 아니듯, 분명 내 안에는 다양한 모습들이 존재했을 것이다. 하지만 이런 상태로 오랜 시간이 쌓이다 보면 나의 본연의 모습보다도, 사람들이 좋아하는 나의 모습에 더 집중하게 된다. 사람들이 좋아하지 않는 행동은 최대한 숨기게 된다. 그렇게 크리에이터는 서서히 자신의 모습을 잃어버리게 될 위험에 빠진다.

요즘 아이들에게 유튜브는 선택이 아니라 필수처럼 돼버렸고, 하고 싶은 게 있다면 도전해보는 게 좋다고 생각하기에 나는 유튜브 채널을 여는 것에 반대하지 않는다. 다만 전문적으로 영상을 만드는 크리에이터를 꿈꾸는 것이라면 혹시라도 K의 아들이 어린 나이에 성공한 크리에이터가 되었을 때 겪게 될 일들을 한번 생각해보았으면 했다. 나는 K에게 이런 나의 생각들을 차분하게 말했다.

"사람들은 보통 도전하기 전에 도전에 실패했을 때 어떤 리스크가 있을지에 대해서 생각하지만, 저는 도전에 성공했을 때 나에게 어떤 일들이 생길지도 생각해보면 좋을 것 같아요. 지금은 아이가 유튜브 채널을 열었다가 생각보다 잘 안 된다면 하나의 추억이나 경험으로 남을 테니 오히려 다행일 수도 있지만, 유튜브가 잘돼서 성공했을 때

혹시라도 아이가 이런 유튜브 생태계 속에서 자신의 정체성을 잃어버리게 될 수도 있을 테니까요. 그러니 혹시라도 아이가 유튜브를 시작한다면, 사람들의 의견에 휘둘리지 않고 정말 스스로가 원하는 것을 만들고 즐길 수 있도록 옆에서 같이 응원해주시면 좋겠어요. 제 생각에는 그게 참 중요하더라고요…."

내 말을 듣고 K는 고민하는 눈빛이었다. 나는 K에게 시작부터 안 좋은 부분만 말해버린 것은 아닌지, 괜스레 미안한 마음이 들었다. 그저 평소처럼 응원해주고 잘할 수 있을 거라고 북돋아주면 되었을 일에 이렇게 반응한 것은, 어쩌면 내가 그 호기심 어린 눈빛을 가진 아이에게 나의 옛 모습을 투영해서일지도 모른다. 나에게도 저 아이처럼 지금 가지고 있는 것만으로도 충분히 사랑받고 살 수 있었던 그런 시절이 있지 않았을까. 나는 아무것도 모른 채로 웃으며 내게 장난을 치고 있는 K의 아들과 사뭇 진지한 눈빛의 K를 가만히 바라보며 무언의 응원을 건넸다.

결국
내려놓음을
선택했다

나에게 쏟아진 수많은 의견들. 그 의견들이 하나같이 입을 모아 똑같은 소리를 하는 것이라면 좋겠지만, 백 명의 사람이 있다면 그곳에는 백 가지의 의견이 있었다. 어떤 사람은 내 목소리가 크고 또렷해서 좋다고 하고 또 다른 누군가는 내 목소리가 커서 시끄럽다고 한다. 어떤 사람은 잘난 척을 하는 것 같아 부담스럽다고 하고, 다른 사람은 자신감 있어 보여 좋다고 한다. 누구는 자연스러운 화장이 잘 어울려서 참고하기 좋다고 하고, 누구는 매번 비슷한 화장이 지겹다고 한다. 이런 상황에 계속 놓일수록 나는 점점 더 혼란스러웠다. 사람들의 의견을 듣지 않을 수도, 그렇다고 그대로 다 수용할 수도 없는 노릇이었다. 마이웨

이를 외치기에는 구독자들과의 소통이 크리에이터의 가장 중요한 자질 아니던가. 나는 괴로운 마음에 그 당시 나와 친한 크리에이터에게 이러한 고민을 털어놓았다.

"도대체 어떻게 해야 할지 모르겠어. 사람들이 나에게 이런저런 말들을 하면, 나랑 생각이 다를 때도 있단 말이야. 예를 들어, 나는 크리에이터들이 꼭 무언가를 잘해야만 한다고 생각하지는 않거든. 만약 그런 거라고 한다면 프로게이머들만 게임 크리에이터를 할 수 있을 테고, 한식대첩 정도는 나갈 만한 실력이어야지 푸드 크리에이터를 할 수 있을 테니까. 근데 사람들이 원하는 건 그런 완벽한 게 아니잖아. 완벽하지 않기에 크리에이터가 더 재미있고 흥미로운 것이라고 생각하는데, 우리가 점점 완벽을 요구하는 사람들 속에 둘러싸이게 되는 거 같아. 나는 완벽할 자신이 없어. 지금도 그렇고 앞으로도…. 그런데 내가 이런 이야기를 하게 되면, 사람들과 싸우게 되는 것 같아. 그저 능력이 없는 걸 신념이라고 포장하는 사람이 된 것 같아."

그 친구는 명쾌하게 말했다.

"야. 그런 의견에 일일이 다 진심으로 대응해줄 필요 없어. 그 사람들이 판단하고 싶은 건 밤비걸일 뿐이야. 네가 아니라."

"무슨 말이야?"

"그 사람들은 네가 영상 속에서 보여주는 모습만 보고 너에 대해 말할 수밖에 없어. 그러니 너도 그 사람들 앞에서는 심정현이 아니라 철저히 밤비걸이어야만 해. 네 진심을 다 알아줄 거라고 기대하지 마. 그 사람들이 기대하는 건 예쁘게 꾸며진 밤비걸의 모습일 뿐이야."

"그렇지만, 영상 속에 있는 나도 분명 내 모습인 걸. 그 말들이 어떻게 밤비걸에게 하는 말일 뿐 나에게 하는 말은 아니라고 생각할 수 있어?"

"나는 그냥 댓글들을 볼 때 내가 CS센터에 있는 상담원이라고 생각해버려. '사랑합니다 고객님~' 이런 마음으로 말이야. 그러면 훨씬 덜 상처받더라."

"그런데, 그건 척이잖아. 친절한 척, 미안한 척이잖아. 사람들이 느끼지 않을까? 내가 진심이 아니라는 걸?"

"하지만 어쩔 수 없잖아. 계속 이렇게 모든 걸 신경 쓰면서 살 수는 없으니까."

상처 입지 않고 이 일을 계속하려면 친구의 방법이 옳을지도 모른다는 생각을 했다. 하지만 나는 나만의 방법을 찾고 싶었다.

입사 초반 회사 화장실에서 눈물을 훔치던 내 친구들은 그로부터 몇 년이 지난 지금, 상사의 듣기 싫은 농담을 대충 웃음으로 넘겨버리고 넘치는 업무 속에서도 적당히 자신의 몫만 챙기는 베테랑 회사원이 되었다. 그들은 한마디로 몇 년 사이에 어른이 되었다. 밖에서 만나면 신나게 회사 욕을 하다가도 결국에는 '그래도 돈 벌려면 어쩔 수 없지 뭐' 하고 체념해버리는 그런 어른 말이다. 이렇게 현실에 체념을 하는 그들이 조금은 슬퍼 보일지는 몰라도, 그들은 본능적으로 자신을 지키기 위해 변화한 것이 분명하다. 바뀌지 않는 상황에 계속 분노해봤자 스트레스를 받는 것은 자신일 테니까. 환경을 바꿀 수 없다면 스스로 어떻게든 그 환경에 적응해내야만 한다.

나는 순전히 스스로 좋아서 크리에이터 일을 시작했기 때문에 이 직업이 회사원과는 다른 무언가가 있을 거라 기대했다. 하지만 콘텐츠를 만드는 것이 취미가 아닌 '직업'이 된 순간부터는 나도 이들과 비슷한 변화를 겪게 되었다. 나는 내가 바꿀 수 없는 상황에 더 이상 분노하고만 있을 수는 없었다. 나는 이곳에 적응해야만 했다. 내가 유튜브에 적응해나가는 과정은 마치 회사원이 직장생활에 적응해나가는 과정과 비슷했다.

처음으로 유튜브 속에서 악플들과 마주하던 날, 나는 내 콘텐츠에 악플을 다는 사람들이 분명 나에 대해서 무언가 오해를 하고 있다고 생각했고 악플들에 친절하게 나의 마음을 담아 답변을 달곤 했다. 그들도 나의 진심을 듣고 나면 더 이상 이렇게 날선 댓글은 달지 않을 것이라고 말이다. 그때의 나는 그 정도로 순진했다. 나를 좋아하는 사람도 아닌, 싫어하는 사람들에게 나의 진심을 알리겠다며 댓글을 달고 소중한 시간을 쓴 것이다.

돌이켜보면 나는 그렇게까지 얼굴도 모르는 사람에게 장문의 답변을 달 만큼 누군가에게 미움받고 싶지 않았던 것 같다. 나는 스스로 납득이 가지 않는 이유로 미움을 받는다는 사실을 인정할 수 없었던 것이다. 하지만 시간이 많이 지나고 난 뒤, 나는 내가 아무리 착하게 굴어도 나를 좋아하지 않는 사람은 언제나 존재한다는 걸 알게 되었다. 이름도 모르는 누군가가 나를 이유 없이 미워할 수 있다는 것도 받아들이게 되었다. 그리고 열심히 노력한다고 그만큼 꼭 잘되는 것도 아니라는 것, 나보다 잘난 사람은 항상 존재한다는 것도 유튜브를 하며 알게 되었다. 공들여 촬영하고 편집한 영상보다 툭 찍어 올린 영상이 더 히트를 칠 때도 있었고, 제아무리 몇 시간씩 공부하며 노력해도 흉내

닐 수 없는 끼와 재능을 가진 사람들은 내 앞에 항상 존재했다.

나는 결국 내려놓음을 선택했다. 내 노력으로 바꿀 수 없는 것들에 대한 욕심은 나를 괴롭게 할 뿐이었다. 나를 싫어하는 사람들에게 인정받고 싶은 마음도, 노력한 만큼 보상이 돌아오기를 바라는 것도 내 욕심이었다. 그렇게 마음먹고 난 후부터 나의 댓글창은 인터넷 쇼핑몰의 CS창처럼 친절하되 간결해졌고, 더는 나의 콘텐츠에 불만을 가진 사람들의 마음을 바꿔보고자 기대를 걸지 않았다. 그렇게 나는 "사람들 관심으로 돈 벌면서, 이런 악플도 관심이라고 생각하고 감사해야 하는 것 아니냐"는 댓글에도 시니컬해진 사람이 되었다. 예전의 나 같았으면, '뭐 이런 사람이 다 있어. 자기는 누가 돈 줄 테니 욕받이 하라고 하면 즐겁게 할 수 있나?'라며 혼자 열불을 내며 성을 냈을 텐데, 아무런 미동 없이 묵묵히 유튜브 창을 닫아버리게 됐다. 친구들과의 대화를 떠올리며 생각했다. '그래. 돈 벌려면 어쩔 수 없지 뭐.'

나는 이렇게 어른이 된 걸까. 이것은 해피엔딩일까 새드엔딩일까. 나는 사람들에게 상처받지 않게 된 대신, 예전처럼 일에서 재미를 느끼지 못하게 되었다.

나는 아직도 내가 뷰티 크리에이터로 유튜브 속에서 살았던 기억을 생각하면 마음 한편이 시리다. 그리고 네모난 화면 속에서 오늘도 열심히 콘텐츠를 만들고 있을 크리에이터들을 보면 더욱 마음이 아프다. 그들 중에도 분명 나와 비슷한 생각을 하는 사람이 있을 것이다. 어쩌면 아마도 내 생각보다 더 많을지도 모른다.

초라해지던
날

　일을 쉬기로 결정하고 난 후, 문득 내가 초라하게 느껴질 때가 있다. 나와 같은 일을 하던 친구들이 티브이에 나올 때, 포털사이트 메인 기사에 그들의 이야기가 우수수 쏟아져나왔을 때, 그들처럼 되기 위해 노력하는 수많은 사람들의 이야기를 들었을 때 말이다. 나도 저렇게 될 수 있지 않았을까. 내 기회를 내 발로 차버린 걸까. 다들 열심히 앞으로 나아가고 있는데, 나만 여기 이렇게 멈춰 있는 걸까. 분명 그때의 나에게는 그럴 만한 이유가 있었다고 생각하면서도 불현듯 초라해진 나를 느낀다. 그럴 때면 나는 포근한 이불 속에 나를 가두고, 깊은 잠에 빠진다.
　'괜찮아, 괜찮아. 멈춰도 괜찮아. 천천히 가도 괜찮아.'
이렇게 나를 다독이면서.

2.

아무 일도
일어나지
않았다

하고 싶은 대로 살아도
아무 일도
안 일어나

대학원 입학을 결정한 겨울, 나는 오리엔테이션에 가게 되었다. 같이 공부하는 사람들과 처음 만나 인사하는 자리인 만큼, 나에게는 많은 고민이 있었다.

'크리에이터라는 일을 정확히 이해하는 사람이 있을까?'

'혹시 모른다면, 나는 나를 어떻게 소개해야 할까….'

'내 영상을 이전에 본 사람들은, 나를 실제로 만나면 어떻게 생각할까?'

'내가 평소처럼 입고 간다면, 다들 나를 특이한 사람으로 생각하겠지?'

이런저런 생각들로 머릿속이 복잡했다. 하지만, 뭐든 첫

인상이 중요하다고 하지 않는가. 그날 저녁, 나는 사람들과 최대한 비슷하게 보이고 잘 어울릴 수 있을 만한 옷을 골랐다. 무릎 밑으로 내려오는 톤 다운된 분홍색 스커트와 깔끔한 하얀색 블라우스를 입고, 그 위에는 흰색 롱코트에 목도리를 둘렀다. 화장 역시 평소 하던 것의 3분의 1 수준으로 줄였다. 거울 속에 비친 내 모습을 보며 생각했다.

'요 몇 년간 내 모습 중 가장 단정하다!'

물론 내가 평소에 즐겨 입지 않는 옷이었고, 내 스타일은 분명 아니었다. 하지만 나는 안심했다. 모두에게 무난한 옷으로 보일 것이므로. 그렇게 나는 학교에 도착했고, 사람들을 만났다. 간단히 인사를 나누고 사람들과 술집으로 이동하던 중, 나는 꽤나 충격적인 말을 들었다.

"정현 씨, 오늘 되게 화사하게 입고 왔네. 옆에 못 가겠어~."

나는 당황했다. '저 뉘앙스는 뭐지? 칭찬인가…? 그냥 칭찬은 아닌 것 같은데…. 내 옷이 너무 튀는 건가…?'

그렇게 나는 밥을 대충 넘기고, 남들보다 일찍 일어나 집에 가는 택시를 잡았다. 택시를 타고 집에 가는 내내 괴로웠다. 사람들과 자연스럽게 어울리고 싶었지만, 오늘의 내 모습은 전혀 그들과 어우러지는 느낌도 아니었고, 오히려 계속 겉돌고 있다는 생각만 들었다. 나는 금세 두려움에 휩싸였다.

'이렇게 영영 사람들과 어울리지 못하고 대학원 생활에 적응하지 못하면 어떡하지?'

'친한 사람 한 명 없이 외롭게 학교생활을 하게 되는 건 아닐까…?'

집에 도착한 나는 소파에 앉아 앞으로 대학원을 계속 다니는 게 맞는지 심각하게 고민했다. 이렇게 사람들 사이에서 소외감을 느끼며 학교생활을 할 것이라고 생각하니 앞으로가 너무 두렵고 무서웠다.

'그만둘 수 있을 때 빨리 그만둬야 하는 거 아닐까?'

그런데 그 순간 나는 뭔가 억울한 감정이 들었다. '나는 사람들과 어울리기 위해서 최선을 다했는데!', '내가 옷장 앞에서 사람들이 무난하게 생각할 만한 옷을 찾기 위해 얼마나 고민했는데!', '사람들에게 내 직업이 이질적으로 느껴지지 않게 하기 위해 얼마나 애썼는데!'

나는 너무 화가 나서 눈물이 났다. 내가 원하던 대학원 라이프는 이런 것이 아니었다. 뭐든지 애쓰고 열심히 노력해야만 했던 크리에이터 생활에서 벗어나 나를 있는 그대로 표현하고, 부족하면 부족한 대로 사람들과 어울리고 싶었기에 선택한 길이었다. 그럼에도 불구하고 여기에 와서조차 사람들과 어울리기 위해 애쓰는 내 모습이 안쓰러웠다.

나는 승부수를 걸어야만 했다. 이렇게 계속 불안하고 두려운 마음으로 대학원 생활을 할 수는 없었다.

'그래. 크리에이터를 하며 계속 무언가 꾸미고 척해야 하는 생활이 괴로워서 이곳에 왔는데 여기서도 계속 그런 마음으로 살아야 한다면, 여기도 그냥 때려쳐버릴 거야!'

나는 막 나가보기로 했다. 어차피 이렇게 된 거. 그냥 내 맘대로 하면서 살아보는 거다. 그러다가 망하면 뭐, 진짜 그만둬버리지, 뭐!

그날 이후, 나는 정말 내가 하고 싶은 대로 하며 수업에 나갔다. 집에서 입는 잠옷에 패딩만 대충 걸치고 간 적도 있었고, 몇십 년 만에 오는 최강 한파라는 말이 무색할 정도로 짧은 미니스커트에 부츠를 신고 간 적도 있었다. 어떤 날에는 화장기 하나 없이 선크림만 바르고 학교에 가기도 하고, 어떤 날에는 화장을 화려하게 하고 가기도 했다.

그런데 신기한 일이 벌어졌다. 오히려 그날 이후로 사람들과 더 잘 어울리게 된 것이다. 사람들도 내 모습을 보며 '쟤는 원래 저런 사람이니까'라고 생각해주는 것 같았고,

그것이 나의 매력이라고 느끼는 것 같았다. 심지어 주변 사람들에게 "정현이는 참 당당해 보여서 부러워"라는 말도 듣게 되었다.

이상한 일이었다. 사람들에게 인정받고 싶고, 어울리고 싶어할 때는 느끼지 못했던 반응들이었다. 나는 내 멋대로 했을 뿐인데, 내가 하고 싶은 걸 하고 싶은 만큼만 했을 뿐인데…. 그렇다. 내가 하고 싶은 대로 하면서 살아도 세상에는 아무 일도 일어나지 않는다. 그렇게 살아도 되는 거였다. 아니, 그렇게 살아야 하는 거였다.

이렇게 입어도
괜찮네?

이유 없는
쉼도
필요해

    일을 그만두고 집에서 몇 개월간 빈둥거리던 어느 날, 친한 언니와 전화로 안부를 묻고 있었다.

"오늘은 뭐했어?"

"저… 아무것도 안 했어요….."

언니는 아무것도 안 할 수도 있지 왜 그렇게 축 처져 있냐고 물었다. 나는 대답했다.

"저 오늘 정말 아무것도 안 했어요. 책도 안 읽고 밖에도 안 나가고 침대에 누워서 핸드폰이나 하면서 잠이나 자고 그랬어요."

그 뒤에 들린 언니의 대답은 나에게는 나름 충격적이었다.

"그래서 뭐? 그럴 때도 있는 거지. 나도 하루 종일 아무 것도 안 할 때 엄청 많아!"

잠깐, 그런 거였어? 다들 이럴 때가 있는 거였어? 아무 것도 안 해도 괜찮은 거였어? 나는 전화를 끊고 잠시 생각 에 빠졌다.

'나는 왜 집에서 잠을 자고 누워서 핸드폰을 한 것을 부 끄럽게 생각했을까?' 생각해보니 나는 일을 그만두기 전 까지, 내 인생에서 제대로 휴식을 가져본 적이 없었다. 학 창시절에는 방학이 있었지만, 방학에는 항상 그다음 학기 선행학습을 해야 했었고 '성적 상승, 이번 방학이 마지막 기회입니다!'라는 전단지를 길에서도 버스에서도 자주 봤 다. 지금 생각해보니 저 말은 '네가 방학을 쉬기만 한다면, 너는 성적 상승의 기회를 날리는 거야!' 이런 뉘앙스의 말 이었고, 나는 어느 순간 당연하게도 방학에는 더 열심히 공부해야 한다고 생각했다. 대학교에 입학한 뒤로는, 방학 때마다 소위 말하는 스펙 쌓기에 바빴으며 남들이 다 하는 배낭여행 정도는 한번 가줘야 했고, 인턴생활도 했던 것 같다.

왜 그렇게 휴식도 모두 반납하고 열심히 살았냐고? 나 는 그렇게 살아야 성공할 수 있다고 배워왔으니까! 항상 어른들은 젊은 나이에 이것저것 해봐야 한다고, 쉴 틈이 어디 있냐고 했었으니까! 열심히 살지 않고 빈둥거리는 청년들은 나태하고 못난 루저니까!

나는 못난 사람이 되고 싶지 않았다. 이 사회에서 낙오자가 되고 싶지 않았을 뿐이다. 게다가 가끔 너무 아무것도 하기 싫어서 집에서 누워서 가만히 있을 때면, 엄마는 오늘은 아무것도 안 하냐며, 집에서 가만히 있으면 뭐하냐고 꼭 핀잔을 주곤 했는데 이런 상황이 반복되다 보니, 어느새 내 마음속 한편에는 '이유 없이 쉬는 건 나쁜 것이다'라는 가치관이 생겨버린 거다. 이렇게 살아온 내게 갑자기 주어진 쉬는 시간이 어색한 건 당연했다.

일을 그만두고 처음 몇 달간은 내가 굉장히 못난 사람인 것 같아 괴로웠다.

'다른 사람들은 잘 버티면서 10년, 20년도 하는 일을 나는 고작 여기서 힘들다고 멈춰버리다니. 난 정말 약해 빠진 사람인가 봐…. 이런 내가 앞으로 무슨 일을 잘할 수 있겠어….'

나에게는 분명 그 일을 그만두고 쉬고 싶은 이유가 있었음에도 불구하고, 여전히 그곳에서 버텨내고 있는 사람들이 있다는 이유만으로 나는 나를 낙오자로 생각했다.

그렇게 스스로를 자책하던 나를 바꾼 건, 다름 아닌 우울증이었다. 쉬는 동안, 나는 앞만 보고 달리고 있을 때는 보지 못하던 나의 어두운 감정들을 마주할 수밖에 없었다. 나에게는 그 감정들을 부정할 수 있는 명분도, 도망칠 공간도 없었다. 나는 정상적인 생활을 할 수 없는 지경에 이르렀다. 밥은 배고파서 쓰러질 정도가 되어야 겨우 먹었으며, 며칠 동안 씻지 않았고, 밖으로 나가지도 않았다. 아침과 저녁이면 이유도 없이 눈물이 계속 났다. 그렇게 몇 주를 보냈을까. 문득 이런 생각이 들었다.

'아, 내가 당연하게 생각하던 모든 일상들은 당연한 게 아니었구나. 세끼를 챙겨 먹고, 저녁이 되면 샤워를 하고, 잠을 자고 이런 모든 일상들이 쉬운 일은 아니었어. 그렇게 아무것도 아닌 일조차도 내가 정신이 건강하기 때문에 유지되던 것이었구나. 난 여태까지 아무것도 안 하고 지냈다고 생각했는데. 그렇게 아무것도 안 하고 지내는 것도 내가 건강하기에 가능했던 거였구나…'

순간, 지금껏 왜 더 하루를 잘 보내지 못하는지 자책만 해왔던 시간들이 떠올랐다. 돌이켜 보면 그때의 나는 참 잘 지냈다. 밥도 잘 챙겨 먹었고, 티브이를 보며 아무 생각 없이 웃기도 했고, 잠을 푹 자며 하루를 보내기도 했다. 눈물이 흘렀다. 그 시간들이 참 감사한 시간이었는데, 난 몰랐구나. 그렇게 하루를 보내던 나는 참 건강한 사람이었는데도 나는 '왜 너는 이것밖에 안 되냐며' 나를 채찍질했구나….

그 이후로, 나의 삶은 조금씩 바뀌었다. 한 끼 먹던 밥이 두 끼로 늘었고, 저녁에는 샤워를 하기 시작했고, 밖에서 보내는 시간도 생기기 시작했다.

물론 지금도 가끔은 '이렇게 그냥 쉬어도 되나?'라는 생각이 들 때가 있긴 하지만, 이제는 생각한다. 그때를 잊지 말자고, 밥 잘 먹고 사는 것의 소중함을 잊지 말자고. 더 이상은 나를 괴롭히는 사람이 내가 아니었으면 좋겠다. 지금의 나는 어떻냐고 묻는다면, 지금의 나는 참 잘 먹고 잘 지낸다. 타고나길 백수로 태어난 사람마냥 말이다.

쉬 는 건
숨 쉬듯이
당연한 거야

비타민이 필요할 때 과일을 먹고 싶은 것처럼
휴식이 필요할 때 쉬고 싶은 것뿐인데.
과일은 아무 생각 없이도 잘 먹으면서
쉬고 있을 때에는 왜 죄책감을 느끼는 거야.

크리에이터 밤비걸이
아닌
인간 심정현과의 인터뷰

　자 오늘은, 뷰티 크리에이터 밤비걸에서 다시 학생으로 돌아간 심정현 님을 모시고 인터뷰를 해보도록 하겠습니다.

Q. 유튜브를 그만두고 나서, 유튜브로 벌 수 있는 수익들이 아까웠던 적은 없으신가요?

A. 엄청 아깝습니다. 통장을 볼 때마다 생각나 마음 한쪽이 쓰립니다.

Q. 아무래도 굉장히 큰 결심이셨을 텐데, 어떤 마음으로 그런 결심을 하게 되신 건가요?

A. '더 이상 이렇게는 못 살겠다'라는 마음이 들었습니다.

Q. 유튜브를 그만두실 때, 어떤 계획이 있으셨던 건가요?

A. 전혀 없었습니다. 더 이상 이렇게는 못 살겠으니 일단 그만두고 생각해봐야겠다는 마음이었습니다.

Q. 분명한 계획 없이 일을 그만두는 게 불안하지는 않으셨나요?

A. 매우 불안했습니다. 하지만 역시 이렇게는 못 살겠다는 마음으로 불안함을 이겨냈던 것 같습니다.

Q. 지금은 대학원에 다니고 계시다고 들었습니다. 대학원에 진학한 목적은 무엇인가요?

A. 경영학에 관심이 있기도 했지만, 그것보다도 어딘가에 속해 있고 싶다는 마음이 컸습니다. '매일 어딘가로 갈 곳이 있었으면…' 하는 마음이었습니다.

Q. 그렇다면 지금 대학원 생활은 만족스러우신가요?

A. 흠, 일할 때는 공부가 제일 쉬웠다고 생각했는데, 막상 공부를 시작하니 '이것도 똑같이 괴로운데 일을 하는 건 적어도 돈이라도 벌지 않나…'라는 고민에 빠질 때가 종종 있습니다.

Q. 대학원생으로 돌아가서 좋은 점이 있다면 무엇일까요?

A. 언제든지 무엇을 하든 셀프 합리화가 가능합니다! 무언가 일이 잘 안 풀릴 때 '어차피 나는 학생이니까!!'라고 합리화할 수 있습니다!

Q. 대학원을 졸업하고 나서의 계획이 있으신가요?

A. 딱히 없습니다. 항상 어떤 계획이 있어야 한다는 부담감을 내려놓기로 했습니다. '뭐, 어떻게든 되겠지!'라고 생각하고 있습니다.

Q. 마지막으로 하고 싶은 말씀이 있다면?

A. 일을 그만두게 되면 저는 제 인생이 잘못되는 것은 아닐까 굉장히 불안했습니다. 하지만 제 걱정과는 다르게 저에게는 아무 일도 일어나지 않았습니다. 저는 여전히 삼시 세끼를 잘 챙겨 먹고 있고, 햄토리처럼 살고 있고, 오히려 예전보다 더 행복합니다. 어쩌면 '인생은 대충 살아도 알아서 잘 굴러가는 존재가 아닐까'하는 생각이 듭니다.

햄토리처럼
살아간다는 건

3.

이제야
나를 알아가기
시작 했다

어른스러운
아이

어렸을 적 나는 어른스럽게 사는 것이 멋있는 인생이라고 생각했다. '너는 참 어른스럽구나'라는 말은 어쩐지 내 어깨를 으쓱하게 만들었다. 그런데 요즘은 어른답게 사는 게 지겹다. 이제는 정말 누가 봐도 어른답게 살아야 할 나이가 되어버렸지만 말이다.

생각해보면, 어린아이처럼 살 수 있는 나이는 정해져 있지만, 어른스럽게 살아야 하는 나이는 끝이 없다. 죽기 전까지 나는 앞으로 몇 년이나 더 어른스럽게 살아야만 하는 걸까. 대책 없이 충동적으로 결정할 일도, 계획은 하나 없이 내 마음이 가는 대로 행동할 기회도 나에게는 얼마나 남아 있을까. 아니, 남아 있기는 한 걸까. 이럴 줄 알았으면 진작부터 어른답게 살지 않았을 거다. 아이처럼 살 수 있을 나이에 조금 더 아이처럼 살았을 것이다. 나는 문득 억울했다.

　왜 그때 어른들은 나에게 '어른스럽다'라는 말을 칭찬처럼 해주었을까. 왜 어른스럽지 않아도 괜찮다고, 어른스럽지 않게 살아도 괜찮은 순간은 그때뿐이라고 말해주지 않았을까. 어른스럽다는 칭찬을 듣기 좋아하던 어린아이는 어른으로 자라난 후에야, 도망치고 싶어졌다. 이 모든 것들로부터.

나 를
알 아 가 는
과 정

어느 날 친구가 나에게 이런 말을 한 적이 있다.

"너는 너랑 평생 같이 살아야 해! 그러니까 네가 뭘 좋아하고 싫어하는지 잘 알아둬야지!"

나는 그 당시에는 그 말이 무슨 의미인지 잘 몰랐던 것 같다. 어렴풋이 '그래 내가 어떤 사람인지 알아두면 좋겠지'라고 생각했다.

하지만 시간이 지날수록, 나는 그 친구의 말이 계속 떠올랐다. 딱히 힘든 일이 있었던 건 아니지만 몹시 우울한 날, 괜찮을 거라고 참고 넘겨왔던 일이 계속 나를 괴롭히던 날에 특히 생각났다. 내가 무엇을 하면 기분이 좋아지는지, 어떤 것들을 싫어하고 힘들어하는지, 그동안 진지하게 고민해보지 않았던 탓일까. 나는 그런 어두운 감정들이 닥쳐올 때면 무엇을 어떻게 해야 할지 몰라 허둥댔다. 이제야 나는 친구가 한 말의 의미를 알게 됐다. 나는 평생 나와 살아야 한다는 말도, 내가 어떤 사람인지 스스로 알아두어야 한다는 말도….

　나는 나와 헤어질 수 없다. 가족은 독립이라도 하면 되고, 남자친구는 그만 보기라도 하면 되지만, 나는 나를 떠날 수 없다. 이왕 이렇게 평생 같이 살게 될 거라면, 이제부터는 나 자신과 행복하게 지낼 수 있는 방법을 먼저 생각해보기로 했다.

　'나는 무엇을 할 때 행복할까? 나는 어떤 사람일까?'

선생님과의
타임머신
상담

2018년 어느 날. 나는 답답한 마음을 가득 안고 상담 선생님을 만났다. 스스로를 채찍질할 때도 참 괴로웠지만, 계속 자책하는 내 모습을 알고 있으면서도 아무것도 나아지지 않는 느낌은 더 괴로웠다. 나는 '그만 자책해라, 너를 사랑해라'와 같은 말을 실천해보려 했지만, 아무리 노력해도 오히려 그게 어떤 마음인지도 잘 모르겠다는 기분이 들었다. 선생님은 나에게 물었다.

"어떤 일들이 스스로 잘못했던 일이라고 느껴지나요? 생각나는 것들이 있나요?"

"저는 무기력하고 책임감 없는 사람인 것 같아요. 해야 할 일을 뒤로 미루는 일이 많아요. 한다고 해놓고 하지 않는 일도 많고….”

“그랬던 이유가 있었나요?”

“음… 그냥 하고 싶지가 않았어요. 기분이 안 좋았었거
든요. 그런데 또 이런 제 모습을 보면 그냥 포기해버리는
사람인 것 같아서 제가 더 싫어지고 그래요.”

“기분이 안 좋았던 일이 많이 있었나 보네요.”

“네, 보통 아빠와 관련된 일이었어요. 남자친구와 관련
된 일도 있었고요….”

“아버지와는 어떤 일들이 있었나요?”

“되게 다양했어요. 갑자기 전화를 해서 이해가 안 가는
말들을 늘어놓거나 왜 너는 아빠를 자주 보러 오지 않느냐
고 화를 내기도 하셨어요. 그런 아빠가 이해가 되면서도,
왜 내 아빠는 이런 걸까, 왜 우리 아빠는 이런 사람일까 그
런 생각이 들었어요. 그래서 아빠 전화를 피하기도 하고
그랬었죠. 아빠의 짜증이 늘어나는 날이면, 가끔 간병해주
시는 아주머니도 저에게 전화해서 그만두겠다고 더 이상
은 못하겠다고 말씀하시곤 했어요. 그러면 저는 한 번만
이해해달라고, 제가 대신 죄송하다고 그분을 위로해드리
기도 했었고요….”

“제가 지금 듣기로는 정현 씨가 많이 힘들었을 것 같은

데요."

나는 눈물이 나기 시작했다.

"많이 힘들었어요. 다들 어쩔 수 없지 않냐는 말만 제게 하더라고요. 네가 딸이니까 어쩔 수 없지 않냐, 네가 아니면 누가 하겠냐, 아빠한테는 너밖에 없다. 이런 말이 모든 대화의 결론이었어요."

선생님은 가만히 나의 이야기를 들으셨다.

"'나도 정말 힘든데 왜 내가 힘든 건 다 어쩔 수 없는 일인 거지?' 이런 생각도 들고 저를 위로하는 것 같았던 사람들도 결국 대화의 끝에는 아빠는 아픈 사람이니까 네가 이해해야 한다고 말하더라고요. 답답했어요. 나도 힘들고 진짜 다 그만하고 싶었는데… 아무도 저에게 힘들면 그만해도 된다고, 쉬어도 된다고 이야기해주지 않았어요. 아무도 제 감정에는 관심이 없었어요."

선생님의 눈가도 같이 촉촉해졌다.

"정말 힘들었을 것 같아요, 정현 씨. 저였어도 정말 힘들었을 것 같고, 사실은 제 가족 중에 비슷한 경우가 있어서 더 공감이 가네요. 정현 씨 이야기를 듣다 보면, 정말 그 와중에도 잘해보려고 많이 애써온 것 같은데 그래도 스스로가 잘못했다고 느끼는 부분이 있었던 거예요? 그동안 정말 잘해와준 것 같은데."

나는 나의 마음속 깊숙한 곳에 담아두었던 괴로움을 꺼냈다. 나를 떠나지 않는 후회와 아픔들을.

"그냥 자꾸 아빠가 생각나요. 제가 좀 더 잘해드렸으면, 잘 챙겨드렸으면 그러면 조금 덜 외롭게 지내시지 않으셨을까. 그때 제가 조금만 참고 아빠 전화도 잘 받고 자주 찾아 뵙고 그랬으면 좀 상황이 나아지지 않았을까. 그런 생각이 들 때마다 미안해요. 제가 너무 나약한 사람이어서 아빠를 못 챙긴 거 같아서요."

"하지만, 정현 씨. 정현 씨는 항상 최선을 다했어요. 정현 씨에게는 그럴 만한 이유가 있었잖아요."

선생님은 자꾸만 스스로를 책망하는 내가 안쓰러운 듯, 따뜻하지만 분명한 목소리로 말씀하셨다. 그럴 만한 이유가 있었던 거라고, 많이 힘들었던 상황에서도 잘 버텨주었다고.

"맞아요. 맞아요. 그때 저에게는 너무 힘든 일이었어요."

눈물이 쏟아졌다. 과거의 힘들어하던 나를 떠올렸다. 끊임없이 괴로워하고, 아파하고, 이겨내려고 애썼지만 결국에는 좌절하던 나의 모습을. 그때의 나는 그것 말고 다른 길을 갈 수 있었을까. 다시 돌아간다면 덜 아프고, 덜 괴롭고, 덜 도망치고 싶어했을까. 나는 받아들여야만 했다. 나는 최선을 다했음을, 그것이 나의 최선이었음을, 그때의 나에게는 그것조차도 온 힘을 주어 버텨내고 있었던 것이었음을 말이다. 상담실을 나와 집으로 돌아가는 길에 나는 과거의 나를 만났다.

'힘들고 도망치고 싶었던 때에도, 너는 그 자리를 지키려고 노력해왔구나…. 많이 힘들었겠다, 정현아. 그동안 많이 힘들었지. 이제는 보여. 네가 홀로 힘들게 견뎌왔던 많은 시간들이. 지금에서야 보이는 부족한 모습도 그때에는 너를 위한 최선의 선택이었다는 걸 나는 알아. 괜찮아. 이제 괜찮아.'

나는 나를 포근히 안아주었다. 선생님과 상담을 하는 과정은 마치 타임머신을 타는 것 같았다. 그 타임머신은 몇 개월 전으로 떠나기도 했고, 몇 년 전으로 떠나기도 했다. 나는 그렇게 타임머신을 타고 오래전 상처 입고 힘들어하던 나를 만났다. 꼭 나와 상관없는 다른 사람의 일처럼 타인의 모습으로 한 발자국 떨어져 나를 바라보게 된 것이다.

학교가 끝나고 아무도 없는 집에 불을 켜고 들어가 핸드폰을 뒤적이며 밥을 먹는 나, 나를 한없이 초라하게 만들

었던 그 사람을 알면서도 끝내지 못해 괴로워하던 나, 퀴
퀴한 병원 냄새 속에서 아빠를 두고 어떻게 해야 할지 몰
라 헤매던 나. 나는 마음속 깊이 묻어두고 아무에게도 꺼
내놓지 않았던 그곳으로 나를 데려갔다. 엄마도 모르고,
나의 가장 친한 친구도 모르는 나의 마음속 깊은 그곳으
로. 그렇게 멀리서 바라본 나의 모습은 참 안쓰러웠다. 아
무리 들여봐도 괜찮지 않았을 텐데 왜 괜찮은 척, 아무렇
지 않은 척 했을까. 선생님은 지금 돌아가 그때의 나를 만
난다면 어떤 말을 해주고 싶냐고 물어보셨다. 나는 대답
했다.

"그냥 꼭 안아주고 싶어요. 많이 외롭고 쓸쓸해 보
여요."

나는 그 뒤로도 종종 선생님과 타임머신을 타고 과거의
나를 만나러 떠났다. 나는 그때의 나에게 잘해내고 있다고
칭찬을 해주기도 했고, 다 괜찮아질 거라고 위로를 건네기
도 했다.

드디어 내 안의 나를 진심으로 바라보게 된 것이다.

사실은
나에게 말하고
있는 걸지도

가끔은 누군가에게
왠지 모르게 힘을 주어 말하고 있는
나를 발견할 때가 있다.

사실은 그렇게 상대를 거울삼아
나에게 하고 싶었던 말을
대신하고 있었던 건지도 모른다.

그럴 만해서
그런
거야

 그렇게 타임머신을 타고 그동안 꽁꽁 숨겨왔던 내 안의 모습들을 막상 마주해보니, 그런 내 모습들에게도 그럴 만한 이유가 있었다는 것을 알게 되었다.

외로움을 느끼는 나		사랑받고 싶은 나
눈물이 자주 나는 나		문득 울적해지는 나

 이들에게는 각자 그럴 만한 이유가 있었다. 뜬금없이 아무 이유도 없이 그럴 내가 아니었다. 하지만 그 이유를 아무도 몰랐을지도 모른다. 나의 인생은 나만 볼 수 있는 비밀

스러운 일기장이니까. 그렇기에 이 모든 것들은 누구도 이해해준 적 없고, 귀 기울여 들어준 적이 없을지도 모른다.

하지만 나는 알고 있다. 뭐 하나 되는 일이 없었던 날, 나의 모든 것들을 싫어하는 사람을 만났던 날, 사랑하는 사람이 떠나가는 것을 아무리 붙잡아도 막을 수 없던 날, 문득 이렇게 계속 홀로 남겨질까 두려워 몸서리치던 날. 그날의 감정과 그때의 마음을.

무엇이 잘못된 걸까. 아니다. 모두 그럴 만해서 그런 것뿐이었다. 슬플 만해서 슬픈 것뿐이었다. 외로울 만해서 외로운 것뿐이었다. 살기 위해 도망쳐 나온 것뿐이었다. 내가 나약한 것도, 내가 부족한 것도 아니었다. 나는 그저 그럴 만해서 그런 것뿐이었다.

그 이후, 나는 조금 달라진 내 모습을 발견했다. '내가 왜 그랬을까'라는 생각이 들 때면, 내 안에서 누군가 '그럴 만하니까 그런 것뿐이지!'라고 외치기 시작했다.

예를 들어 '왜 나는 며칠째 아무것도 안 하고 있을까'라는 생각이 들면, '아무것도 하기 싫을 수도 있지! 맨날 어떻게 뭘 하고 사냐!'라고 외치는 목소리가 생긴 것이다. 그 목소리는 남을 흉내 내는 목소리가 아니었다. 아닌 척, 괜

좋은 척하는 목소리도 아니었다. 나는 문득 갑자기 생겨난 이 목소리의 정체가 궁금했다. 그것의 시작을 찾으러 떠난 나는, 그 정체를 알고 놀랄 수밖에 없었다. 그 목소리의 주인은 다름 아닌, 내가 그렇게도 숨기고 싶어하던 내 안의 또 다른 나였던 것이다.

행복은
내가 내 편일 때
시작된다

놀라운 일이었다. 과거의 내가 내 안의 우울하고, 불안하고, 외로워하던 목소리를 어떻게든 억누르고 무시해보려고 했을 때, 억누르면 억누를수록 그 목소리는 점점 커져만 갔다. 왜 내 말을 들어주지 않냐고, 왜 나를 무시하냐고, 내 말 좀 들어달라고 시도 때도 없이 튀어나와 나를 당황시켰다. 그럴 때면, 나는 그 목소리를 들으며 '왜 나는 내 감정도 제대로 컨트롤하지 못할까' 자책을 하곤 했다.

하지만 반대로 내가 그 목소리에 귀 기울였을 때 많은 것이 달라졌다. 나는 '나 화가 나!' '나 외로워!' '나 힘들어!'라는 감정들에 '그만 좀 해!'가 아니라 '무슨 일이야?'라고 물었다. 그 감정들은 그들 나름대로의 이유를 나에게 설명했다. 오늘 하루 힘든 일이 있었고, 과거에 상처받은 기억들이 떠올랐고, 문득 혼자라고 느꼈다고.

 '그랬구나, 맞아. 힘들만 했어.' 나는 차분히 그들의 이야기를 들었다. 그리고 그들의 존재를 인정했다. 너도 내 안에 있을 수 있다고, 이곳에 존재할 수 있다고 그리고 충분히 그럴만 했다고. 내가 누군가에게 인정받고 싶었던 그 마음만큼, 나도 나의 감정들을 있는 그대로 받아들였다.

 그러자 그곳에서부터 변화가 시작됐다. 내 안에 강력한 내 편이 생기기 시작한 것이다. 내가 끌어안은 그 어두웠던 감정들은, 그 많은 상처에도 불구하고 지금 이곳에 서 있는 나를 응원해주기 시작했다. 상처를 외면했을 때에는 들리지 않던 목소리였다.

 '괜찮아. 그럴 수도 있지 뭐!'라고 외치는 목소리는 나의 상처를 끌어안고 보듬어주었을 때 비로소 생긴다. 나의 감정은 컨트롤하고 통제해야 하는 존재가 아니다.

 내가 나의 편일 때 행복은 비로소 시작되는 것 같다.

난 내 편!
나도!
든든하군!
널 믿어!
나도!

내가 내 편이 되어줄 때, 무엇보다도 든든한 걸.

기댈 줄 아는
사람

친구들은 나를 종종 '징징이'라고 부르곤 했다. 그렇게 부른 이유는 말 그대로 내가 친구들에게 징징댈 때가 많아서였는데, 나는 그 별명이 썩 마음에 들지 않았다. 징징이라니. 그 단어가 주는 어감은 왠지 마트에서 장난감을 사달라며 떼를 쓰고 바닥에 드러눕는 어린아이를 연상시키지 않는가. 하지만 나는 그렇게 내키지 않던 징징이라는 별명이 내 인생을 따뜻하게 살게 해주는 원동력이었음을 최근에야 깨닫게 되었다.

선뜻 이해되지 않는 이 깨달음은 아빠의 장례식장에서 시작되었다. 이야기를 시작하기 전에 먼저 고백하건대 나는 사람들과의 만남을 그렇게 즐기는 스타일이 아니다. 졸업하고 나서 그나마 사람들과 친해질 수 있는 모임은 아프다는 핑계로 안 나가기 일쑤였으며, 당연히 먼저 모임을 주최하는 타입의 사람도 아니었다. 나는 집에서 인스타그램에 시끌벅적하게 올라오는 사람들의 사진과 친구들의 태그를 보며 쓸쓸해하면서도, 막상 자리에는 나가고 싶어 하지 않는 그런 아이러니한 은둔자였다. 그러면서도 가장 가까이에 있는 얼마 안 되는 사람들에게는 징징이라는 별명으로 불릴 정도로 나의 이야기를 털어놓는 것을 좋아했는데, 가끔씩 혼자 생각하면 그들에게 미안할 정도로 나는 항상 고민도 많고 기댈 곳이 필요한 사람이었다. 은둔자 타입의 징징이랄까. 그게 말이 된다면 말이다.

이런 나에게 처음으로 치르는 장례식은 커다란 고민이었다. 아빠의 사망선고를 듣고 장례식장을 찾아간 나에게 가장 먼저 장례식장의 직원이 던진 질문은 조문객이 얼마나 오실 것 같으냐, 방 크기는 어느 정도로 하는 것이 좋겠냐는 것이었다. "어… 그게… 잘 모르겠어요." 나는 당황했다. 평소에 아빠가 돌아가시면 이런 이런 사람들에게 연락을 해야지, 라고 상상해본 적도 없거니와 나는 집에서 동료도 없이 혼자 일을 하는 프리랜서였고 아빠는 병으로 인해 가족을 포함한 모든 인간관계가 단절된 지 오래였으며, 엄마에게는 아빠가 그저 23년 전에 이혼한 전남편인 만큼 장례식을 최대한 조용히 치르고 싶어했기 때문이다. 차분히 생각해볼수록 나는 이 장례식에 부를 수 있는 사람은 겨우 내 친구들뿐이라는 사실을 알게 되었다. 초라한 장례식이 될 것이라는 좌절스러운 마음과 함께 나는 작은 목소리로 말했다. "10명은 오려나… 한… 20명…? 20명 정도 올 것 같아요." 애초에 10명을 위한 방은 그곳에 존재하지도 않았지만 말이다.

아빠는 끝까지 초라하게 가는구나. 그 순간 나는 살면서 처음으로 인간관계를 맺던 방식을 진지하게 후회했다. 어떻게 이렇게 부를 사람이 없을까. 다른 층에서는 북적이는 사람들과 길게 이어진 화환들이 조문객들을 맞았지만, 아빠의 장례식장에는 상주 명단에 내 이름만 덩그러니 적혀 있을 뿐이었다. 나는 정신없는 마음을 추스르고 핸드폰을 꺼냈다. '얼른 사람들을 불러야 해.' 삼일장에서 사실상 마지막 날은 새벽부터 발인을 해야 하니 없는 날이나 마찬가지였고, 첫째 날 내가 장례식장에 도착한 시간은 저녁이었기 때문에 나에게는 여유를 부릴 시간이 없었다. 장례식장에서는 단체문자를 돌려주는 문자 서비스도 있다며 사용을 권했지만 나는 이용하지 않기로 했다. 아무에게나 이렇게 텅 빈 장례식장과 그곳에 서 있는 초라한 내 모습을 보여주고 싶지 않았기 때문이다. 나는 내 가정환경을 대충이나마 알고 있는 몇 명의 친구들에게 문자를 보내기로 했다.

몇 시간이 지난 후 자정에 가까워질 무렵, 연락을 받은 친구들이 하나둘씩 내 곁에 도착했다. 어떻게 된 일이냐는 친구들의 물음에 나는 담담하게 답했다. "오랫동안 아프셨어." 나는 너무 드라마틱하지 않게 말하고 싶었다. "누구나 겪는 일이고 내가 조금 더 일찍 겪은 것뿐이야." 그래, 그게 사실이었다.

정말 괜찮다고 이제 그만 들어가보라는 나의 만류에도 친구들은 오랫동안 나의 곁을 지켜주었다. 더 이상 조문객들이 오지 않는 새벽까지 그들은 내 곁에 있었다. 나는 너무 고마운 마음과 동시에 미안한 마음이 들었다. '왜 이렇게까지 나에게 잘해주는 걸까. 나는 그들에게 해준 것이 없는데…' 제대로 된 휴식 공간조차 없이 방석 위에 앉아 하염없이 시간을 보내야 하는 곳이지 않는가. 재미있게 떠드는 것도, 자유롭게 행동하기도 눈치 보이는 이곳에서 그들은 오랜 시간을 함께해주었다.

그들 덕분에 아빠의 장례식은 초라하게만 끝나지는 않았다. 아빠의 남아 있는 유일한 친구라고 하던 이름 모를 아저씨는 관을 옮기며 평생 외롭게 살던 아빠가 마지막이라도 정현이 덕분에 시끌벅적하게 지내다 간다며 나에게 고맙다고 말했다. 나는 그 말을 곱씹어볼수록 마음이 아팠다. 아빠의 인생은 도대체 어떤 것이었을까. 나마저도 이곳에 없었다면 아빠의 장례식은 어떻게 되었을까. 나는 고개를 저으며 슬픈 생각들을 떨쳐냈다.

아빠의 관을 묻고, 장례식의 모든 절차가 끝난 뒤 나는 엄마와 함께 차를 타고 집으로 돌아왔다. "이제 모두 끝났네." 나는 엄마에게 말했다. 그 끝이라는 것은 비단 장례식만을 의미하는 것은 아니었다. 그동안 아빠의 병으로 힘들었던 마음도, 짐처럼 느껴졌던 아빠와의 관계도, 누군가의 보호자 노릇을 하는 일도 이제는 당분간 없을 것이다.

"엄마. 난 그렇게 친구들이 많이 와줄지도, 내 곁에서 그렇게 오래 있어줄지도 몰랐어…." 엄마에게 나는 참 복이 많은 사람인 것 같다고 말하며 동시에 잘 이해되지 않는다고 했다. 나는 그들에게 그만큼 해준 것이 없기 때문이다.

나의 이런 고백을 들은 엄마는 옅은 미소로 말했다. "정현이 너는 사람들에게 기댈 줄을 알잖아. 네가 그렇게 표현하기 때문에 친구들도 널 도와주고 싶어하는 게 아닐까?" 엄마의 그 말을 듣기 전까지 나는 항상 내가 연약한 사람인 것이 싫었다. 힘든 일이 있으면 혼자서 해결해보려고 하지 않는 내 모습이 성숙하지 못하다고 생각했다. 징징이가 아니라 단단이로 불리기를 바랐다. 나라는 사람은 왜 누군가 와서 나에게 기댈 만한 사람이 되지 못할까. 난 왜 혼자서도 꿋꿋이 시련을 견뎌내지 못할까. 어떻게 하면 멘탈이 더 강해질 수 있을까. 이런 생각들이 내 머릿속을 가득 채웠다. 하지만 엄마는 그런 나를 보며 말을 이어갔다. "엄마는 사람들에게 내 얘기를 잘 안 하잖니, 그렇기에 그만큼 또 사람들이 가까이하기 어려워하기도 해. 하지만 너는 네 이야기를 잘하니까 주변 사람들에게 그만큼 도움을 받을 수도 있는 거 아닐까?" 엄마는 나의 그런 점이 어떨 때는 부럽다고 말했다.

엄마 말에는 일리가 있었다. 아마 내가 그동안 누구의 도움도 필요하지 않은 사람처럼 살아왔다면, 이런 순간에 그 누구도 나를 도우려고 하지 않았을 것이다. 누군가에게 기대어 쉬고 싶다고 말하지 않았다면, 기댈 어깨를 내어주는 사람은 없었을 것이다. 아프다고 말하지 않았다면, 상처를 치료받을 기회가 없었을 것이다. 그래. 이런 내 징징이다운 성격은 꼭 나쁜 것만은 아니었다.

나는 이제 이런 내 성격이 인생을 조금 더 따뜻하게 살 수 있도록 해준다는 사실을 받아들이기로 했다. 그리 성숙해 보이지만은 않지만, 꼭 뭐 사람이 항상 성숙해야만 하는 것은 아니니까. 서로 의지도 하면서 살고 그런 거지, 뭐. 친구들에게 한바탕 울며 내 이야기를 털어놓은 날 그리고 나는 왜 이리도 연약한가, 괜스레 자괴감이 들 때에는 엄마의 말을 생각한다. 이렇게 사는 것이 꼭 나쁜 것만은 아니라고 말이다.

4.

마음 한구석
감춰둔
이야기

나의 아빠,
나의 엄마

　엄마 말로는 아빠가 처음부터 정신분열증을 앓았던 건 아니었다고 한다. 아빠도 멀쩡히 좋은 대학교를 나와서 사회생활도 잘하는 사람이었다고 한다. 그러니까 엄마가 아빠와 결혼까지 했을 것이다. 우리 엄마는 똑똑한 사람이니까. 하지만 할머니가 자신의 사업을 물려주신다는 이유로 아빠의 회사생활을 못하게 했고, 사업이 잘되어 돈이 생긴 뒤로 아빠는 뭔가를 꾸준히 하지도 않게 되었고, 그 뒤로 점점 사회성도 사라지고 사람이 변했다고 했다. 그래서인지 엄마는 어렸을 때부터 내가 회사를 다니기 바라셨다. 내가 뭔가를 끈기 있게 하고 포기하지 않는 사람이었으면 하셨다.

　한마디로, 엄마는 내가 아빠와 다른 사람이었으면 했다.

내 인생의 전부는 아니지만, 많은 부분이 이러한 엄마의 걱정을 걷어내려고 하는 노력의 과정이었다는 생각이 든다.

'거봐, 엄마. 나는 아빠와 달라. 나는 이렇게 정상적인 사람이야!'

나의 인생은 엄마에게 이렇게 증명하고자 애쓰고 있었다. 좋은 고등학교에 좋은 대학, 뭐 하나 놓친 것 없는 스펙에, 사교성 있고 활발한 모습들…. 주변에서는 아마 내가 완벽한 사람으로 보였을 수도 있다. 왜냐면 내가 그렇게 되고 싶어했으니까. 그렇게 보여지고 싶었으니까. 그렇게 내가 남들보다 모든 것을 앞서나가고 있는 중에도, 엄마는 내가 조금이라도 나태해지거나 무언가를 포기하려는 기세가 보이면 굉장히 불안해했다. 그럴 때면 엄마는 혹시라도 내가 평생 그렇게 살지는 않을까 걱정 어린 눈으로 나를 바라봤다. 그러면 그럴수록 나는 엄마의 걱정은 바보 같은 걱정이라고 나는 엄마가 생각하는 것보다 강한 사람이라고 인정받기 위해 노력했다.

하지만 언제부터였을까? 그렇게 증명을 하다 하다 '더 이상 뭘 더 해야 하는 거지?'라는 생각이 들었다.

'얼마나 더 열심히 살아야 하고, 얼마나 더 완벽해야 하는 거지? 왜 나는 있는 그대로 사랑받을 수 없는 거지? 나

되게 나태할 때도 있고, 포기하고 싶을 때도 많고, 피하고 싶은 것도 많은데…. 이런 나는 이상한 사람인 건가? 이런 나는 정말 엄마의 걱정처럼 아빠 같은 사람이 되는 걸까?'

나는 정말 억울했다. 내가 지금까지 이뤄온 것들이 절대 당연한 것이 아니었는데, 나도 참고 견디면서 살아왔는데, 내가 조금 지치고 힘들어하면 나는 그냥 그런 사람이 되는 거구나! 난 지치고 힘든 거 내색도 못해? 화가 났다. 그리고 어느 날 문득 이런 생각이 들었다.

'엄마가 이것들이 당연한 것으로 느끼게 내가 만들었구나. 내가 엄마에게 알려준 적이 없구나. 나는 이런 사람이라고. 나한테는 이런 바보 같은 면도 있고 어린애 같은 면도 있다는 걸. 내가 좋아서 한 것도 있지만, 엄마가 기뻐했으면 하는 마음으로 한 것들도 있다는 걸….'

내가 지난 몇십 년간 안 알려줘서 엄마는 모르고 있다가, 지금 갑자기 '난 이런 사람이야!!!'라고 말을 하면 엄마 입장에서는 '갑자기 얘가 왜 이래?'라고 생각할 수도 있겠다는 생각이 들었다. 나는 다짐했다. 내가 완벽한 사람이 아니라는 걸 엄마에게 꾸준히 알려줘야겠다고, 잊을 만하면 상기시켜줘야겠다고 말이다. 엄마한테까지 완벽한 사람인 척할 필요는 없었다.

요즘 나는 엄마에게 내 부족한 점을 드러내는 걸 주저하지 않는다. 엄마가 좋아할 것 같은 행동만 하지 않는다. 내가 어떤 방식으로 인생을 살든 그 방법이 내가 행복한 방법인지만 고민한다. 있는 그대로 사랑받으려면 먼저 있는 그대로 행동해야만 하기 때문이다. 물론 내 안에는 아직도 엄마에게 항상 예쁨받고 사랑받고 싶은 마음이 존재한다. 다른 한편으로는 '그래, 엄마의 인정이 뭐가 그리 중요해. 나는 내 인생 살 테야!'라고 생각하면서도 부정할 수 없다. 내 마음속 저 깊은 곳에는 엄마의 인정과 사랑을 갈구하는 어린아이가 있다는 걸. 하지만 그럼에도 불구하고 나는 오늘도 있는 그대로의 내 모습으로 살아가기로 했다. 한편으로는 두렵지만 그렇게 살아가야만 한다. 이런 나라도 엄마는 계속 사랑해줄 거라고 믿으면서 말이다.

엄마와의
적당한
거리

내가 엄마에게 듣기 싫은 말은 정말 많지만, 그중 1등은 이것이다.

"다 너 걱정돼서 하는 말이야."

우리는 인생에서 많은 선택을 한다. 그리고 어떤 결정을 내리는 그 순간에도 내 마음은 아수라 백작 같다. 현실주의자와 이상주의자의 피 터지는 싸움이랄까.

'혹시 이렇게 결정했다가, 잘못되면 어떡하지?'

'아니야! 그래도 내가 해보고 싶은 건 하면서 살아야지!'

'그래도 내가 준비한 게 완벽하지는 않은데…'

'그렇긴 하지만, 그래도 지금 내가 그렇게 살고 싶은 걸!'

나를 괴롭히는 내 안의 수만 가지의 생각을 물리치고, 나는 결국 어떤 선택을 한다. 나도 알고 있다. 이 선택이 잘못된 선택이 될 수도 있음을. 그래서 내가 조금 힘들어질 수도 있음을 말이다. 그 사실을 알고 있음에도 불구하고, 나는 마음을 굳게 먹고 내가 원하는 선택을 만들어내는 것이다. 그렇게 어렵게 나 자신을 설득하고, 또 설득해서 어떤 선택을 만들어놓으면, 엄마는 너무나 쉽게 다가와서 내가 가장 걱정하던 그 이유를 콕 집어내, 내 마음을 다시 흔들어놓는다.

이 부분이 내가 가장 싫어하는 부분이다. 엄마가 걱정하는 그 부분이 바로 나도 가장 걱정하고 있는 부분인데, 나도 알고 있었지만 '아니야, 잘될 거야!'라는 마음으로 애써 덮어두었던 부분을 적나라하게 들춰내버리는 사람이 바로 엄마라는 것. 엄마는 내 인생의 결정들 앞에서, 너무나도 이성적이다. 그런 이성적인 엄마를 어떻게든 설득하려다 보면, 내 안에 있는 불안한 마음들과 대화하는 과정도 힘들고 괴로운데, 이제는 엄마에게도 에너지를 써야 하는 상황이 되어버리는 것이다. 나 자신과 대화하는 과정은 내 인생이니까 당연히 해야 할 일이라고 생각할 수 있지만, 단순히 엄마의 불안함을 해소해주기 위해서 내 에너지를 써야 한다는 생각이 들 때면 문득 억울해진다. 엄마의 불안함은 엄마가 만들어낸 것이지, 내가 만든 게 아니지 않나! 게다가 내가 하루에 쓸 수 있는 에너지는 한정돼 있어서 엄마를 설득하는 데 에너지를 모두 사용해버리고 나면, 나를 믿어주는 데 사용할 에너지가 부족해져 지치고 우울한 하루를 보내게 돼버리는 것이다.

엄마를 사랑하지만 뭔가 대책을 세워야만 했다. 이렇게 어떤 결정을 내릴 때마다 엄마의 말 한마디 한마디에 무너져 내리고 싶지 않았다. 내가 우울한 하루를 보내는 이유가 엄마이고 싶지 않았다. 가장 최선은 엄마가 내가 어떤 결정을 하든 믿어주고 걱정하지 않는 것이겠지만, 평생 그렇게 살아온 엄마가 하루아침에 쉽게 바뀔 리는 없었다. 그렇다면 어떻게 해야 할까. 나는 차분히 생각을 정리해봤다.

'엄마와 싸우느라 감정을 소비하면, 힘들고 지치는 건 나다. 그렇게 힘들고 지쳐서 하루를 우울하게 보내면 결국에는 나만 손해다. 왜냐하면 내 감정은 오롯이 나의 것이기 때문이다. 누구도 나의 감정을 대신 해결해줄 수 없다. 내 인생은 내가 결정해야만 주변을 탓하지 않고 당당하게 살아갈 수 있기 때문이다.'

나는 나의 소중한 하루를 망치는 것들이 싫다. 그게 우리 엄마라도 말이다. 그렇기에 나는 엄마와 적당한 거리를 두기로 했다. 쉽지 않은 일이 될 것이다. 여전히 내 마음속 한편에서 나를 가장 믿어주기를 바라는 사람이 바로 엄마니까. 그럼에도 불구하고, 나는 나를 지켜내고 싶다. 나의 결정도, 나의 감정도 오롯이 내 것이기를 바란다.

선택

알파고도 틀릴 때가 있는데
내가 어떻게 매번 옳은 선택만 할 수 있겠어?
뭐, 로봇도 아니고 말이야.
난 그저 배고프면 삼겹살이 생각나는 인간일 뿐인데.

화목한
가족
판타지

고백하건대, 나에게는 화목한 가족 판타지가 있었다. 이를테면, 부부 사이가 서로 다정하고 사랑이 넘친다든지, 아버지는 배울 점도 많고 듬직한 분이라든지, 어머니는 내 의견에 공감을 잘해주시는 분이라든지 말이다. 가끔 주변에서 이런 가족들의 이야기가 들리면 참 부러웠다.

'우리 엄마와 아빠는 서로 남남일 뿐인데, 우리 아빠는 정신질환 때문에 나를 힘들게만 하는데, 우리 엄마는 항상 뭘 할 때면 내가 설득하기 위해 애써야 하는데…. 좋겠다. 저런 가족이 있다면 인생이 참 따뜻하고 행복하겠지. 그런 인생이 저 사람에게는 너무나도 당연하겠지.'

나는 그 어떤 사람들보다도 그런 사람들이 부러웠던 것

같다. 돈이 아무리 많은 사람보다도, 외모가 아무리 멋진 사람보다도, 인기가 아무리 많은 사람보다도, 나는 그런 사람들이 참 부러웠다. 살면서 많은 사람들이 '가정교육'이 중요하다고 말할 때마다, 많은 심리학 도서들이 '부모와의 관계'에서 자아가 형성된다고 할 때마다 나는 움찔했다.

'혹시 나는 다른 사람들이 보기에 부족한 사람일까?'

'다른 사람들이 우리 가족이 불완전하다는 것을 내게서 알아채면 어떡하지?'

그리고 나는 그렇게 되지 않기 위해 나를 검열하기 시작했다. 나의 성격의 모난 점들을 찾아 원인을 분석하기 시작했다. 그 원인을 알아내기만 한다면, 어떻게든 고쳐서 날 더 괜찮아 보이는 사람으로 만들고 싶었다. 웃기게도 내가 원인을 분석하려 할 때마다 나는 너무 쉽게 책 속에서, TV 속에서, 사람들의 흘러가는 말 속에서 나의 어두운 곳이 만들어진 원인을 찾아낼 수 있었다.

'내가 남자친구에게 집착했던 건 역시 아빠에게 제대로 사랑받아본 적이 없어서 그랬던 거구나.'

'우리 엄마가 나를 인정해주었다면, 그렇게 밖에서 인정받으려고 애쓰지 않아도 됐을 텐데.'

'나도 화목한 가정에서 자랐다면, 결혼에 대해서 부정적

으로만 생각하지는 않았겠지.'

하지만 이렇게 나의 어두운 모습들이 어디서 출발했는지를 알게 되었다고 하더라도, 내가 할 수 있는 일은 아무것도 없었다. 가족을 아예 내 인생에서 떼어낼 수도 없는 노릇이었고, 옛날로 돌아가 아무 일도 없었던 것으로 만들 수도 없었다.

한마디로 가족은 내가 선택할 수 있는 문제가 아니었다. 그 모든 것들이 내가 선택해서 벌어진 일이 아니라는 것은 나를 더 비참하게 만들었다. 내가 아무리 노력해도 이건 가질 수가 없겠구나, 하는 생각이 나를 더 좌절하게 만들었다. 그렇게 좌절하기도 하고, 다시 아무 일도 없었던 듯 모른 척 외면하기도 하며 지내오던 어느 날, 나에게는 두 가지의 큰 변화가 생겼다.

첫째는, 엄마에게서 독립해 혼자 살기 시작했다는 것이다. 둘째는, 나를 그렇게도 괴롭히던 아버지가 돌아가셨다는 것이다.

이렇게 두 개의 큰 변화를 겪고 나자 나는 꽤 기대감에 차 있었던 것 같다. 이제는 더 이상 부모님께 영향을 받지 않을 것이라고, 내 어두운 점의 원인을 제거해버린 것이나 다름없지 않겠냐고 말이다. 하지만, 그 이후 1년이 가까운 시간이 지날 때까지도 나는 괴로웠다. 내가 보기에 여전히 우리 집은 화목한 가정은 아닌 것 같았다. 물론 집에서 나와 살게 된 이후로 엄마와 덜 싸우게 된 것은 사실이었지만, 그것은 그저 서로 얼굴을 보지 않는 시간이 늘어났기에 그렇게 된 것뿐이지 나의 내면에서 평화로운 마음이 우러나온 결과는 아니었다.

그래, 그랬다. 상황은 바뀌었지만, 여전히 나는 초라했다. 여전히 나는 다른 사람들이 부러웠고, 여전히 나는 채워지지 않는 허전함에 시달리고 있었다. 나는 이 상황을 받아들이기가 힘들었다. 아빠가 돌아가시고 나면 다 해결될 줄 알았는데, 엄마랑 떨어져 살면 다 괜찮아질 줄 알았는데, 실상은 전혀 그렇지 못했다.

나는 상담을 받으며 이런 이야기들을 상담 선생님에게 털어놓기로 했다. 사실 그동안 나는 이런 이야기를 꺼내게 된다면 사람들이 나를 무시하지는 않을까, 혹은 나에게 편견을 갖지는 않을까 몹시 두려웠다. 하지만 이제는 정말 답을 찾고 싶었다.

'나는 왜 이런 사람일까? 정말 우리 가족 때문인 걸까? 도대체 어떻게 하면 내가 괜찮아질 수 있는 거지?'

상담실에서 내 밑바닥에 있는 서러움을 토해냈다. 사람

들에게 항상 엄마와 나는 대화가 잘 통한다고 말해왔지만, 사실은 그런 게 아닌 것 같다고. 그 사실을 인정해버리면, 정말 우리 가족은 화목하지 않은 가족이 되어버리는 것 같아서 그동안 아무렇지 않은 척 지내왔던 것 같다고 말이다.

상담을 받으며 나는 알게 됐다. 생각보다 부모님에 대한 감정의 골이 깊었다는 것을, 그저 서운한 마음이라고 하기에는 그것이 꽤 오랫동안 반복되어 내게 상처를 입혀왔다는 것을 말이다. 나는 선생님께 말했다.

"그래도 저한테는 아직 실낱같은 희망이랄까 소망 같은 게 있어요. 엄마랑 제가 정말 화목한 가족이 되는 거, 정말 서로를 이해하고 사랑한다는 게 느껴지는 그런 사이가 되는 거요…."

선생님은 나에게 아직은 포기하지 말자고 하셨다. 해볼 수 있는 만큼 다 해보자고, 그래도 아무 변화가 없다면 그때는 내려놓는 연습을 해보자고 하셨다. 그렇게 눈물을 한 바가지 쏟고 상담실을 몇 번이나 들락날락했을까.

어느 날 나는 왠지 모르게 북받쳐 오르는 마음을 참을 수가 없었다. 그리고 생각했다.

'엄마한테 이야기를 해야겠다. 내가 이렇게 힘들다는 걸 엄마도 알아야 해.'

그 근원 모를 용기는 상담 선생님의 끄덕임 몇 번으로부터 시작되었다. 나의 힘든 이야기를 듣는 선생님의 그 반응에서 나는 '아, 내가 이상한 게 아니구나. 이건 괴로울 만한 일이구나'라고 생각하기 시작한 것이다. 어찌 되었든 나는 그렇게 생긴 용기로 엄마를 붙잡고 대화를 시작했다. 사실 뭐 말이 대화지, 처음에는 나의 감정을 일방적으로 쏟아내는 일이었던 것 같다. 엄마는 기억도 못하는 저 먼 어딘가에 있던 일들도 다 끄집어내 털어놓기 시작했다. 처음으로 그런 말을 들은 엄마는 몹시 당황했다. 그리고 나에게 소리치기도 했다.

엄마가 뭘 그렇게 잘못했냐고, 엄마가 언제 너에게 그렇게 했냐고 말이다. 하지만 나는 그 말을 듣고도 멈출 수가 없었다. 나에게는 아직 그 실낱같은 희망이 있었기에 이렇게 대화를 하고 나면 우리가 서로를 더 잘 이해할 수 있지 않을까, 엄마가 그동안 내 마음을 몰라서 못 챙겨준 것일 뿐이지 알면 뭔가가 달라지지 않을까, 하는 마음이 있었다. 그러나 얼마 지나지 않아 그런 나의 마음은 너무나도 낭만적인 생각이었다는 걸 깨달았다.

매일매일을 엄마와 울며 소리지르며 대화했지만, 대화가 되는 것 같다가도 전혀 말이 안 통하기도 하고, 서로를 이해하는 것 같다가도 어느 순간에는 서로를 전혀 이해하지 못하는 것 같은 상황이 반복됐다. 답답했다. 내가 원하는 것은 그저 나를 있는 그대로 인정받는 것일 뿐인데, 사랑받고 싶을 뿐인데, 내가 그렇게 어려운 걸 바라고 있는 건 아닌데…. 포기해야 하는 걸까. 나는 좁혀지지 않는 우리의 간극을 보며 포기할 마음을 가졌던 것 같다.

'그래. 그냥 이렇게 엄마와 딸이라는 관계만 유지하면서 밋밋한 관계로 사는 것도 괜찮겠지.'

하지만 그건 내가 바라는 것이 아니었다. 아무리 생각해도 엄마와 계속 그런 관계로 지내고 싶지는 않았다. 그렇게 불편하고 어색한 관계로 평생을 사느니, 차라리 남남처럼 지내는 게 낫겠다는 생각도 들었다.

나는 끝까지 가보기로 했다. 그 끝이 결국에는 '우리는 서로 절대 가까워질 수도, 이해할 수도 없어'일 지도 모르지만, 솔직한 마음으로는 조금은 두려웠지만, 그래도 끝까지 가봐야만 했다. 지금의 내 모습이 너무나도 불행했기 때문에 아무리 상황이 나빠진다고 한들 지금보다 더 불행한 순간은 없을 것 같았다. 나는 잃을 게 없는 바닥까지 간 사람이었다.

변화의
시작

그러던 어느 날, 나에게 이 절망적인 상황을 반전시키는 세 가지 생각의 전환점이 있었다. 앞서 말했듯 나는 상담을 받으며, 나를 있는 그대로 받아들이는 연습을 하고 있었다. 상담이 끝난 이후로도 종종 기억의 타임머신을 타고 과거로 돌아가 상처받은 나를 마주하며 과거의 나에게 해 주고 싶은 말들을 건넸다.

'참 외로웠겠다. 괜찮아, 잘하고 있어. 너는 너의 최선을 다한 거야.'

그 전에 내가 어렴풋이 생각한 과거의 나의 모습은 참 어리석었다. 아무것도 모르는 애 같았고 실수가 참 많았고, 외로움도 잘 타고 무척이나 의존적인 사람 같았다. 하지만 막상 타임머신을 타고 그날의 나를 만났을 때 나의 모습은, 내가 그동안 생각해왔던 것과는 사뭇 달랐다. 다른 사람은 알지 못할지도 모르겠지만, 설령 안다고 해도 이해하지 못할지도 모르겠지만 나에게 있는 부족한 면들에는 모두 사연이 있었다. 그럴 이유가 전혀 없이 내 안에 생겨버린 것은 하나도 없었다. 분명 나에게는 그럴 만한 이유가 있었던 것이다. 이렇게 나를 있는 그대로 받아들이며 편안하게 내려놓게 되던 즈음, 나는 여느 날과 같이 엄마와 한바탕 싸우고 있었다.

"엄마는 왜 내가 사는 방식을 있는 그대로 안 받아들여줘? 내가 엄마 보고, 엄마 인생 보고 뭐라고 한 적 있어? 내가 엄마 보고 엄마는 왜 그런 방식으로 사냐고 구박한 적 있냐고!"

"어쨌든 너도 지금 나한테 바뀌라고 하고 있는 거잖아. 엄마도 이렇게 살 수밖에 없어서 이렇게 사는 거야!"

"무슨 말이야."

"너도 엄마 인생을 살아봐. 엄마처럼 혼자 애 키우면서 살면, 뭐든지 악착같이 하면서 살아야지. 네가 지금 하는 것처럼 설렁설렁하면 뭐라도 될 줄 알아! 널 키울 수 있었을 줄 알아!"

"그럼 나한테 설명해줬어야지! 나한테 엄마는 그런 인생을 살아서 그런 가치관이 생긴 것뿐이라고, 이야기해줬어야지!"

엄마는 눈물을 보이며 내게 말했다.

"엄마는 너처럼 그렇게 고민할 틈도 없었어. 당장 일을 하지 않으면 너랑 같이 굶어 죽게 생겼는데 이것저것 따지면서 일할 틈이 어딨니. 그러니 내가 보기엔 네가 너무 배부른 고민을 하는 것처럼 느껴질 때가 많다, 이 말이야."

"그건 엄마 인생이잖아! 미안하지만, 그건 엄마 인생일 뿐이잖아. 이건 내 인생이잖아. 엄마는 엄마고, 나는 나잖아. 엄마가 그런 인생을 살아서 그렇게 생각하게 된 것처럼, 나도 내 인생을 살면서 이렇게 느끼게 된 것일 수도 있잖아."

"엄마도 아무 이유 없이 이러는 건 아니란 말이야."

나는 생각했다.

'아… 역시 오늘도 엄마와 나는 좁혀지지 않는구나. 우리는 여전히 이렇게 서로를 이해하지 못하는구나.'

그렇게 집으로 돌아와 이런저런 생각에 잠겨 있던 나는, 갑자기 오늘 엄마가 한 말이 생각났다.

'엄마는 혼자 나를 키워야 했기 때문에 악착같이 살 수밖에 없었다'는 그 말을 들었을 때, 나는 매우 깜짝 놀랐다. 한 번도 내가 생각해보지 못했던 영역이었기 때문이다. 어쩌면 나는 엄마를 이해하고 있던 것이 아니라, 그저 무관심했던 것일지도 모른다는 생각이 들었다. 엄마의 인생, 엄마의 삶은 어떤 것이었을까.

나는 나에게 해주었던 것처럼, 타임머신을 타고 엄마가 젊었을 적으로 돌아가보았다. 물론 다 알 수는 없겠지만, 내가 기억하는 어렸을 적의 엄마의 모습들을 하나하나 짚어나갔다.

내가 세 살 때, 엄마는 겨우 서른이었을 것이다. 그때에도 아빠는 정신질환을 앓고 있었고, 결혼을 하고 나서 아빠의 상태는 더 악화되어갔다. 그렇게 엄마는 아빠와 이혼한 후, 나를 안고 거의 쫓겨나듯 친정집의 방 한 칸으로 다시 들어갔다. 위자료 한 푼, 양육비 한 푼 받은 것 없이 앞으로 나를 키울 생각을 하면 얼마나 눈앞이 깜깜했을까. 나를 안고 엄마는 어떤 생각을 했을까. 나는 그날의 서른 살의 엄마에게 말을 건넸다.

'나라면 정말 암담했을 것 같은데…. 우리 엄마는 참 강인한 사람이구나. 멋진 사람이구나.'

내가 초등학교 1학년 때 엄마는 겨우 서른다섯이었을

것이다. 주말이건 휴일이건, 엄마가 쉬는 날은 많지 않았다. 엄마는 나를 키우기 위해, 언젠가는 자신의 부모님 집에서 독립하기 위해 열심히 돈을 벌었다.

엄마는 학원에서 학생들을 가르치는 일을 했고, 나는 매일 엄마를 밤 11시가 다 되어서야 만날 수 있었다. 내 시선에서 느껴졌던 건 밤늦게까지 할머니와 드라마를 보며 기다렸던 엄마의 발자국 소리였지만, 엄마는 어땠을까. 그때의 엄마에게는 무엇이 보였을까. 하루가 다 끝날 때가 돼서야 나를 볼 수 있었던 과거의 엄마를 만나 나는 이렇게 말했다.

'우리 엄마도 많이 외로웠겠구나. 참 많이 힘들었겠구나. 기댈 곳 하나 없었겠구나…'

그렇게 나는 타임머신을 타고 엄마의 인생을 되짚어보며 알게 되었다. 엄마에게도 그럴 만한 이유가 있었던 것뿐이라고. 내가 쉬려고 할 때면, 불안해하거나 초조해하며 잔소리하던 그 모습들도, 힘들어하는 나를 꼭 안아주기보다는 빨리 잊어버리고 앞으로 나아가라고 담담하게 말하던 모습들도, 엄마의 삶에서는 그럴 만했던 것이다. 엄마 말대로 엄마는 힘들어할 여유조차도 없었던 그런 삶에 익숙해져버렸던 것이다.

물론, 엄마가 나에게 했던 모든 일들이 잘했다는 것은 아니다. 나는 분명히 그런 엄마에게 상처받기도 하고 좌절하기도 했다. 하지만 나는 엄마가 못나서 그렇게 인생을 살아온 게 아니었다는 걸 알게 되었다. 내가 내 인생에서 그랬던 것처럼 엄마도 엄마 인생에서 최선을 다했을 뿐이다. 나는 엄마에게 전화를 걸었다.

"엄마, 나를 어떻게 그렇게 키웠어. 외롭고 힘들지 않았어? 나는 엄마 나이에 절대로 그렇게 못 할 거 같아."

엄마는 미소를 지으며 말했다.

"널 그만큼 사랑했으니까 버틸 수 있었지. 그때는 너랑 어떻게든 잘 살아야겠다는 생각뿐이었어."

나는 눈물이 흘렀다. 이제는 말할 수 있다. 나를 받아들인 만큼 엄마를 받아들일 수 있다고, 부족한 나를 안아줬던 마음으로 엄마를 안아줄 수 있다고 말이다.

그런 건 정말
판타지였을지도 몰라

사실 이렇게 엄마의 인생을 이해하게 되었다고 해서 그 이후로 엄마와 싸우지 않게 된 것은 아니었다. 내가 상처받은 것들이 사라지는 것도 아니었고. 여전히 엄마는 엄마의 방식으로 나는 나의 방식으로 대화했으며, 서로가 느끼는 간격은 계속 존재했다. 나는 이런 생각이 들었다.

'엄마도 그럴 만해서 그런 것뿐이고, 나도 그럴 만해서 그런 것뿐이라면, 우리는 서로에게 맞는 사람이 되기는 힘들겠구나…. 엄마가 나를 온전히 이해할 수 있을 거라는 건 애초에 불가능한 이야기였을지도 몰라.'

인정하고 싶지 않았지만, 나는 인정할 수밖에 없었다. 엄마와 나 사이의 간격은 항상 존재할 거라는 것을. 그렇게 나는 서서히 엄마와 나 사이에 지켜야 할 최소한의 간격을 알아가고 있었다. 서로 가까이 해도 상처받지 않을 대화 주제와 방법에 대해서도 알게 되었다.

사실 어느 정도 포기한 면도 있었다. 내가 아무리 노력해도 나는 엄마가 될 수 없고, 엄마가 아무리 노력해도 내가 될 수는 없으니까. 그 사실을 알아버렸는데, 언제까지나 엄마가 내 마음을 알아주기를 바라며 싸울 수는 없는 노릇이었다. 이렇게 살짝 놓아버렸다고 할까. 엄마와 모든 것이 잘 통할 거라는 기대를 버린 이후로 엄마와의 대화는 꽤 안정적으로 흘러갔다.

우리는 서로 민감한 선을 넘지 않으려고 노력했다. 더 이상 나는 엄마에게 나의 일에 관한 이야기를 꺼내놓지 않았으며, 엄마도 나에게 괜한 잔소리는 하지 않으려는 모습을 보였다. 이것은 분명히 이전에 엄마와 어떤 깊은 대화도 하지 않은 채로 엄마와의 관계를 포기할지를 고민하던 때와는 많이 달라진 양상이었다. 이전과 다르게, 우리는 이제 서로가 어떤 사람인지 알고 있었고, 어떤 면이 서로 다른지를 알고 있기에 자연스럽게 내려놓을 부분은 내려놓게 되었다. 하지만 뭐랄까, 그럼에도 불구하고 나는 여전히 '화목한 가족 판타지'에 미련이 남아 있었다.

'다른 가족은 다르지 않을까?'

'이건 그저 내가 우리 가족의 상황을 합리화시킨 것뿐이지, 진짜 좋은 가족의 모습은 아니지 않을까.'

여전히 종종 다투는 엄마와 나를 볼 때면, 나는 이런 생각이 자주 들었다.

'도대체 화목한 가족 같은 거, 정말 그런 게 있긴 한 걸까.'

나는 정말 궁금했다. 그리고 내 주변에 사랑하는 친구들을 떠올렸다. 그들은 세상에서 제일 완벽한 사람은 아니겠지만, 나에게는 정말 따뜻하고 배울 점이 많은 사람이라고 자부할 수 있는 그런 친구들이었다. 그리고 나는 그들을 보며 사실 지금껏 속으로 이렇게 생각하고 있었다.

'저 친구네 집은 참 화목해 보인다. 쟤는 내가 하는 이런 걱정 따윈 하지 않아도 되겠지.'

친구들을 부러워하며 지내왔지만, 그들에게 한 번도 물어본 적은 없었다. 당신들의 가족은 화목한 가족이라고 생각하느냐고 말이다. 묻지 않았던 이유는 내가 그들의 가족을 옆에서 종종 지켜봐왔기 때문이기도 하고 서로의 가족 이야기는 왠지 모르게 민감한 이야기라고 느껴져서 이기도 했다.

하지만 이제 나는 그것이 진정 존재하는 것인지, 내가 만들어낸 환상일 뿐인지 명확히 구분하고 싶었다. 나는 마지막으로 언니 D를 찾아갔다. D는 지금까지도 내가 가장 믿고 따르는 언니이다. 나는 D에게 말했다.

"우리 가족이 정상적인 가족이 아닌 거 같아서, 가끔은 그런 집이 너무 부러워요."

D는 담담히 말했다.

"우리 집도 비슷했어. 엄마 아빠 사이도 정말 안 좋았고, 나도 엄마랑 진짜 대화다운 대화를 해본 적이 없었던 거 같아. 그리고 나도 그런 집을 부러워했었지, 부모님끼리 사이가 좋고 대화도 잘되고 그런 거 있잖아. 근데 이제는 어느 정도 받아들이게 되더라고."

그리고 언니는 이런 말도 덧붙였다.

"정현아, 근데 그게 이상한 게 아니더라고. 그리고 그건 부모님들의 삶이지 내 인생이 아니잖아. 물론 서로 사이가 좋으면 더할 나위 없이 좋겠지만, 안 좋다고 해서 그게 이상한 건 아니야. 그저 부모님들이 그런 삶을 선택해서 살아가고 계신 것 뿐이야. 너는 너의 인생을 살면 되는 거지, 뭐."

나는 언니의 말에 큰 울림을 받았다.

'맞아. 부모님이 그렇게 살았던 건 부모님의 인생일 뿐이지. 내가 선택한 것도 아니고, 내가 부모님이 그렇게 되라고 만든 것도 아니었어. 나는 그저 내 인생을 살아가고 있을 뿐이구나. 내가 생각했던 화목한 가족이라는 건, 어쩌면 정말 판타지였을지도 몰라.'

누군가는 '표본이 너무 작은 거 아니냐, 어떻게 친구의 가족만 보고 판단을 내릴 수가 있냐'고 말할 수도 있겠지만 표본이 얼마나 큰지, 이 자료에 얼마나 객관성이 있는지는 나에게 중요하지 않았다. 나에게 중요한 것은 아무 걱정 없을 것 같던 내 주변 사람들에게도 당연하게 가족과의 다툼과 고민이 있었다는 것이고, 그건 나의 판타지를 과감히 깨주었다. 그리고 나는 그동안 내가 생각해왔던 '화목한 가족'의 정의를 다시 내려야 함을 느꼈다.

세 번째 전환점
가족에 대한
새로운 정의

생각해보면 말이 안 된다.

어떻게 갈등이 하나 없는 가족이 있을 수 있을까? 어떻게 말다툼 하나 없는 가족이 있을 수 있을까. 엄마와 나는 다른 사람이다. 엄마와 아빠도 다른 사람이다. 우린 모두 다른 사람이니까 다른 사람들끼리 서로 다른 생각을 갖는 건 당연할 수밖에 없다. 다른 생각끼리는 부딪히는 게 당연하니까. 가끔은 '저 사람은 왜 저렇게 생각하는 거야?'라고 답답함을 느끼는 것도 당연하다. 그 당연한 것들이 하나도 없는 가족이 있다면, 나는 그게 더 이상하게 느껴진다. 그건 누군가가 입을 다물고 있기 때문 아닐까? 누군가 자신의 의견을 말하지 않고 희생하고 있는 거 아닐까? 사실은 싫은데, 사실은 불편한데, 사실은 너무 화가 나는데 참고 있는 거 아닐까? 그런 게 평화라고 한다면, 그런 게 화목한 가족이라고 한다면 난 싫다. 누군가 희생해야 한다면, 누군가 자신의 행복을 포기해야만 유지되는 평화라면, 누군가 자신의 의견을 숨겨야만 지켜지는 화목함이라면 그렇게 만들어진 화목한 가족이 무슨 의미가 있단 말인가.

나는 '화목한 가족'의 정의를 다시 내린다. 내가 행복해야만 '우리'일 때도 행복할 수 있다고 말이다. 우리가 서로 다투고, 오해하고, 의심하고, 미워하더라도 결국 그 모든 건 각자 자신의 인생을 행복하게 살기 위해 고민하고 또 고민하던 흔적일 테니까.

사랑한다고,
자주
말해주세요

　내 기억 속 우리 엄마는 나에게 엄한 사람도 아니었지만, 애정이 넘치고 다정한 사람도 아니었던 것 같다. 그렇게 성인이 된 나는 어느 날 문득, 예전에 엄마에게서 받은 상처가 떠오르는 게 너무 아프고 억울해 엄마에게 이런 말을 한 적이 있다.

　"엄마가 날 사랑하는지 솔직히 난 잘 모르겠어. 잘 못 느끼겠어."

　엄마는 당연히 널 사랑하지 무슨 소리를 하는 거냐고 물었다. 하지만 난 말했다.

　"엄마, 나에겐 전혀 당연하지 않아. 나도 그렇게 생각하려면 추억이라는 게 필요하잖아. 나도 뭔가를 떠올리면서 엄마의 사랑을 느껴야 하는 거잖아. 근데 나는 상처받았던 기억들이 먼저 떠올라. 그래서 너무 화가 나고 억울해."

엄마는 나의 그 말을 듣고 화를 냈다.

"내가 너를 얼마나 사랑하면서 키웠는데 그게 말이 되니?"

"그러면 뭐해! 내가 느끼질 못하잖아! 내가 모르잖아!"

그렇게 엄마와 크게 한바탕 싸운 후, 며칠 뒤 엄마에게서 전화를 받았다. 엄마는 잔잔히 나의 어렸을 적 이야기를 해주었다. 내가 갓난아이이던 시절 나를 바라보기만 해도 행복했었다는 이야기, 나를 키우느라 다른 사람들은 거의 만나지도 못했지만 나와 함께였기에 괜찮았다는 이야기, 엄마가 일하느라 바빠 늘 혼자서 쓸쓸해 보였던 나를 떠올리면 지금도 마음이 아프다는 이야기 그리고 엄마는 항상 나를 사랑한다는 이야기….

엄마의 그 말을 들으며 눈물이 흐르지 않을 수 없었다. 내가 그동안 그토록 듣고 싶었던 말이었기 때문이다. 나를 사랑한다고, 그동안 쭉 사랑해왔다고 말이다. 그리고 웃기게도, 엄마가 들려주는 나를 키우던 때의 시시콜콜한 이야기를 들으며 웃기도 하고 울기도 하다 보니 그제야 떠오르는 것들이 있었다.

아무리 피곤한 날에도 챙겨주던 엄마의 아침밥, 어린 시절 엄마와 둘이 떠났던 수많은 여행들, 멀리 기숙사에 사는 내가 군것질이 먹고 싶다고 하면 한달음에 학교 앞까지 와서 챙겨주던 엄마의 모습….

나는 그제야 엄마가 나를 사랑해왔다는 추억들을 떠올릴 수 있었다. 나는 엄마에게 말했다.

"엄마 이렇게 종종 이야기해줘. 날 많이 사랑한다고 말이야. 말하지 않으면 몰라요. 그러니 자주 이야기해줘요."

아직도

아직도 어딘가에 살아계실 것 같아. 그 고집스러운 목소리로 소리치고 계실 것 같아. 어디인지는 모르겠지만, 그렇지만 가끔은 아직도 어딘가에 계실 것 같아. 그냥 그렇게 아직도 아빠는 어딘가에서 잘 살고 있는데, 내가 못 찾은 것뿐인 것 같아.

혹시 만약 그런 거라면, 그곳에서는 우리 아빠가 친구들을 많이 사귀면 좋겠다. 그리고 좋은 데도 많이 놀러 다녔으면 좋겠다. 아빠가 좋아하는 군것질도 이젠 눈치 보지 말고 마음껏 하면 좋겠다. 그리고 건강했으면 좋겠다. 그리고 행복했으면 좋겠다.

2부

연습

스스로를 탓하는 게 제일 쉬운 거 알아.

남들이 왜 그런지는 몰라도,

내가 왜 그런지는 생각해볼 수 있으니까.

그래서 자꾸 내 안에서 이유를 찾으려고 할지도 몰라.

하지만 가끔은… 남 탓으로 넘겨도 괜찮아.

이것도 연습하면 늘 거야.

5.

자존감이란 단어
떠올리지 않기

자존감이라는
단어

　무언가를 어떤 단어로 정의할 수 있다는 것은 정말 대단한 힘을 지니고 있다. 우리가 인지하지 못했던, 무심코 지나쳤던 것들도 어떤 정의가 내려지고 나면 더욱 신경이 쓰이기 때문이다. 미세먼지라는 것을 알고 나서부터는, 아침에 핸드폰을 켜 미세먼지 수치부터 확인하는 것처럼.

　최근 나는 '아싸'라는 단어와 '인싸'라는 단어에 대해서도 생각해보았다. 혼자 있기를 좋아하거나, 사람들과 어울리는 것을 불편해하는 사람을 우리는 그 전에는 뭐라고 불렀을까. 이제 우리는 그런 사람들을 아싸라고 정의할 수 있게 되었다. 하지만 요즘은 그걸로도 모자라 인싸라는 단어까지 생겨났고, 이것은 내가 아싸가 아닌지 판단함과 동시에, 내가 인싸인지까지 생각해보는 계기가 되었다.

이런 단어로 누군가를 정의한다는 것은 단순히 사람이 '외향적이다' 혹은 '내향적이다'라고 정의하는 것과는 조금 결이 다른 것 같다. 이런 것들보다도 최근에 내가 정의하는 것의 힘을 크게 느낀 단어는 따로 있었다. 바로 자존 감이다.

그놈의 자존감. 이 단어가 유행하기 전에는, 나는 그저 가끔은 찌질하고, 가끔은 자책도 하고, 가끔은 우울하기도 한 그저 평범한 사람이었을 뿐인데 자존감이라는 단어가 모든 서점을 휩쓸고, 다양한 콘텐츠로 재생산되면서부터 결국 나는 스스로를 '자존감이 낮은 사람'이라는 거창한 단어로 정의 내릴 수 있게 되었다. 그리고 그 사실은 나에게 굉장히 큰 스트레스가 되었다. '자존감이 낮다'라는 말은 나에게 '너는 뭔가 부족한 사람이야'라고 들렸기 때문이다.

예를 들어, 우울함이나 찌질함같이 스스로에게 느끼는 감정들에는 '내가 좀 다크한 사람이긴 하지'라며 가끔은 웃어넘길 수 있었으나, 자존감이라는 단어를 사용해 나라는 사람을 정의 내리는 순간부터 나는 '맞아. 내가 좀 자존 감이 낮은 사람이기는 하지'라고 내 상황을 웃어넘길 수 없게 되었다.

하루가 멀다 하고 인터넷에서는 자존감 높아 보이는 사람을 칭송했고, 사람들은 그들을 부러워했다. 그리고 나도 사람들이 부러워하는 그들이 부러웠다. 그렇다면 나란 사람은 어떤 사람일까. 다른 사람은 나란 사람을 어떻게 보고 있을까. 그들에게도 나는 자존감이 높아 보이는 사람일까.

나도 자존감이 높아지고 싶다. 그럴 수 없다면, 그런 것처럼이라도 보이고 싶다. 이런 생각으로 내가 먼저 찾게 된 것은 책이었다. 나는 먼저 자존감을 높여준다는 책을 여러 권 사기 시작했다. 세상에 나와 같은 사람들이 점점 많아진 걸까? 이미 서점에는 자존감과 관련된 수많은 종류의 책들이 베스트셀러 자리를 차지하고 있었다.

'그래, 나만 이런 건 아니야.' 그렇게 약간의 안도감과 함께 밑줄까지 그어가며 몇 권의 책을 읽은 결과는 내 예상과 전혀 달랐다. 나는 자존감과 관련된 책을 읽으면 깨달음을 얻고, 그 깨달음을 통해 자존감을 높여나갈 수 있을 줄 알았다. 그리고 실제로 그런 기분이 아예 들지 않았던 것도 아니다. 하지만 그것은 찰나의 순간이었고, 계속 내 머릿속에 잔상으로 남은 건 책에서 본 그들이 말하는 자존감 없는 사람들에 대한 설명들이었다.

자존감이 낮은 사람들은 이별을 쉽게 받아들이지 못한다.
자신이 원하던 사랑이 아니더라도 쉽게 끝내지 못한다.

———

혼자가 되는 것이 두려워 이별하지 못하는 경우가 있다.
이는 어렸을 때 혼자 남겨졌던 안 좋은 기억들에 기인한
경우가 많다.

꼭 내 얘기인 것 같았다. 어릴 때 나는 항상 집에 혼자
있곤 했는데, 혹시 그것 때문에 내가 지금 이러는 걸까. 나
는 책을 읽으면 읽을수록 이상한 확신이 생겼다. 자존감을
높일 수 있을 거라는 확신이 아니라, 내가 자존감이 낮은
사람일 거라는 확신. 의사에게 '당신은 병이 있어요'라고
선고받은 것처럼, 나는 자존감의 크기를 책을 통해 스스로
확진받은 것이다.

나를 위한
진짜
자존감

고백하건대, 나는 '성공중독자'였다. 목표를 이루었을 때 느껴지는 짜릿함과 만족감은 내 인생에 큰 동력이었고, 나에게 자신감을 주었다. 그렇게 쌓아올린 자존감은 꽤 단단해 보였다. 가끔씩 실패하고 좌절해 마음이 약해지면, 나는 더 열심히 노력해 또 다른 성공을 이루어냈고 "그래, 나는 이렇게 괜찮은 사람이야. 난 역시 대단해!"라고 생각하며 다시 깎여나간 자존감을 채워나갔다. 그렇게 살던 어느 날 문득 나는 이런 의문이 들었다.

'만약 내가 실패했다면 그래도 계속 나를 사랑할 수 있었을까? 내가 남들보다 조금 못나거나 부족해도, 그래도 그때의 나를 사랑할 수 있을까?'

나는 대답할 수 없었다.

'그러면 계속 성공하면서 살 수 있을까? 그런 인생이 있기는 할까…?'

역시 대답을 할 수 없었다. 내가 쌓아올린 자존감에는 중요한 문제가 있었다. 나는 나를 조건부로 사랑하고 있었다. 나는 스스로를 '이런저런 조건들을 갖추었기 때문에 사랑받을 만한 존재'라고 생각했던 것이다. 나를 조건부로 사랑하는 동안, 마음속 깊은 곳에서 항상 불안할 수밖에 없었다.

더 좋은 조건의 사람이 주변에 많아지면, 뒤쳐질까 봐 불안해하고 조금이라도 실수하거나 실패하지 않기 위해 항상 힘을 주며 살아야 했다. 성공하기 위해서, 아니 실패하지 않기 위해서 온몸에 힘을 주고 사는 인생은 피곤했다. 운이 좋게 성공이 계속되어도, 상황은 다르지 않았다.

세상에는 언제나 나보다 잘난 사람들이 존재했다. 내가 아무리 일을 잘해도, 나보다 뛰어난 사람은 있었고 내가 아무리 외모를 가꾸어도, 나보다 예쁜 사람은 언제나 존재했다. 조건으로 채워나간 자존감은, 더 좋은 조건 앞에서 무색해졌다. 언제든 사라질 수도 있는 그 '가짜 자존감'을 움켜쥐기 위해, 얼마나 애써왔던가.

나는 깨달았다. 내가 평생 성공만 하며 살 수도 없을뿐더러, 설사 그렇게 살 수 있다고 하더라도, 평생 온몸에 힘을 주며 혹시라도 잘못될까 전전긍긍하며 살고 싶지는 않았다. 조금만 힘을 풀고 삶을 즐기며 살고 싶었다. 아니, 그보다 그저 행복하고 싶었다. 그러기 위해서 나는 우선 나에게 지우던 '실패하지 않아야 한다'는 강박을 내려놓아야 했다. 나는 나에게 꼭 잘하지 않아도, 부족해도 괜찮다고 말해주고 싶었다. 나는 스스로에게 다짐했다.

'네가 행복한 성공만이 너의 삶에 의미가 있는 거야. 네가 그 과정에서 행복하지 않다면, 언제든 그만해도 괜찮아. 그건 포기나 실패가 아니라 너의 행복을 찾아가는 과정일 뿐이야. 나는 네가 더 이상 불안하지 않고 행복한 삶을 살았으면 좋겠어. 그게 나에게 가장 중요해.'

물론, 이런 다짐에도 불구하고 가끔씩 주변의 말들이나 상황에 흔들리는 나를 만날 때가 있다. 그럴 때에는 스스로에게 그래도 괜찮다고 말해주자. 이런 너의 모습 역시도 네가 행복을 찾아가는 과정에 있는 것이고, 그것만으로도 충분하다고 말이다. 나는 언제든 거품처럼 사라질 수 있는 가짜 자존감이 아니라, 진심으로 있는 그대로의 나를 아껴줄 수 있는 진짜 자존감을 원한다.

차곡차곡 쌓아서, 넘어지지 않게 해줄게.

자존감을
높이는
가장 빠른 방법

　나는 더 많은 책을 읽고, 유튜브에 올라와 있는 자존감에 관련된 수많은 영상을 찾아보았지만, 나의 자존감은 높아지기는커녕 내 자신이 점점 더 작아 보이기 시작했다. 왜 자존감을 높이는 방법을 찾아다닐수록 나의 낮은 자존감을 확인하게 되는 걸까? 아이러니했다. 그리고 더욱 절망적인 기분에 사로잡혔다.

　'세상에, 방법을 알아도 실천을 못한다니. 이유를 알아도 고쳐지지가 않는다니.' 이건 순전히 내 문제 같았다. 그리고 나는 여느 날과 같이 D와 메시지를 주고받고 있었다.

　"도대체 자존감은 어떻게 높이는 거예요? 사람들이 자존감, 자존감 하는데 이제는 정말 그 단어가 지겨울 정도

예요.”

"사람들이 나한테도 많이 물어보거든, 어떻게 하면 자존
감을 높일 수 있냐고. 자존감을 높이는 방법은 간단해.”

"그게 뭔데요?”

"그냥 자존감이라는 걸 신경 안 쓰면 돼. 그게 방법
이야.”

"!!!”

D의 말에 깜짝 놀란 것도 잠시, 나는 바로 그 말을 수긍
하게 되었다. 그의 말이 맞다. 숨을 천천히 쉬어야지라고
생각하기 시작하면 그 자연스러웠던 숨쉬기도 갑자기 어
색해지는 것처럼, 자존감을 높여야지라고 생각하고 살기
시작하면 원래 있던 나의 멀쩡한 모습조차도 어색해져버
리는 것이다. 애초에 자존감이 없다고 스스로를 부정하고
있는데, 어떻게 자존감을 높일 수 있을까. 결국 아이러니
하게도 자존감이 높아지는 방법은, 부족해 보이는 나의 모
습 그대로를 받아들이는 과정에서 시작되는 것이었다.

그렇다면 앞으로 나는 스스로에게 ‘자존감이 낮아도 괜
찮아’라고 말해주면 되는 걸까. 그러면 되는 걸까? 하지만
왠지 스스로에게 그런 말을 해주는 모습을 상상하니 서글
퍼졌다. 진짜 그렇게 인정해버리면 그런 사람이 되어버리

는 것 같으니까. 나는 질문을 이어갔다.

"그러면, 그냥 제가 자존감이 낮은 사람이어도 괜찮다는 거예요?"

"응. 어떻게 사람이 맨날 자존감이 높을 수가 있겠어. 높을 때도 있고 낮을 때도 있고 그런 거지, 뭐."

"그러면, 제 주변에 이 모든 문제들이 제가 자존감이 낮아서 생긴 문제가 아니에요?"

"당연하지. 네가 여태까지 고생한 건 네가 자존감이 낮아서 생긴 문제가 아니야. 나 같아도 내 주변 사람이 나에게 그렇게 행동하면 불안하고 초조하고 그랬을 거야. 그게 너여서 그런 게 아니라 누구나 그런 환경에 놓이면 그렇게 돼."

D는 묵묵히 말을 이어갔다.

"나는 네가 자존감이 낮아서 나쁜 사람을 만난 거라고, 나쁜 사랑을 끝내지 못했던 거라고 생각하지 않았으면 좋겠어. 그냥 누구나 그런 상황이 되면 고민하고 괴로워하는 게 당연하단 말이야. 만약, 그 사람이 너에게 믿음을 주었다면 너는 이렇게 불안해하지 않았을 거야. 네가 무언가를 부탁했을 때 그 사람이 그 말을 진지하게 들어주었다면 너는 집착하는 사람이 되지 않아도 되었을 거야. 모두 너의 자존감 때문에 생긴 문제가 아니야. 네가 자존감이 높은 사람이었다고 해서 그 사람이 약속을 잘 지키는 사람으로 변하지는 않았을 거야. 그 사람은 원래 그런 사람이었고, 네가 못난 사람이어서 그렇게 된 게 아니야."

나는 잠시 핸드폰을 덮어두고, 다이어리를 꺼내 적어 내려가기 시작했다.

'자존감이라는 단어에 나를 너무 가두지 말자.'

'자존감이 낮은 게 아니라, 그럴 만해서 그랬던 것뿐이다.'

감정
편식

내가 작은 일에도 좋아하고 기뻐할 때는
'왜 그런 일에 좋아하고 기뻐하는 거야!
그만 좀 기뻐해라!!' 이러지 않았으면서.
왜 내가 작은 일에 속상해하거나 슬퍼할 때는
'뭘 그렇게까지 생각해.
적당히 하고 그만 넘어가자'라고 말하는 거야.

내가 기쁠 때도 슬플 때도 모두 내 감정일 뿐인 걸.
이유 없이 기쁠 때가 있는 것처럼
이유 없이 슬플 때도 있는 걸.

지속가능한
자존감

    경영학을 배우다 보면 '지속가능한 성장'이라는 단어를 만나게 된다. 교수님은 말씀하셨다. 모든 경영자들은 지속가능한 성장을 꿈꾼다고. 생각해보면 너무나도 당연한 이야기이다. 성공이 잠깐이고 싶은 사람이 있을까. 누구나 그것이 계속되기를 바란다. 쉽게 사라지지 않기를 바란다.

    그리고 나는 그 말을 듣고 생각했다. 사업을 이끄는 경영자가 지속가능한 성장을 꿈꾸듯이 우리는 '지속가능한 자존감'을 꿈꿔야 한다고. 그렇다면 '지속가능한 자존감'은 과연 무엇일까. 쉽게 말해 나이가 들어도 쭈욱~ 계속~ 지금껏 그래왔듯이 나를 사랑할 수 있는 상태를 말하는 것이다.

    그렇다면 자존감이 있는 상태는 도대체 어떤 상태일까?

어떤 상황에서 우리는 스스로를 사랑할 수 있을까? 우리는 자존감의 기준을 어디에 두어야 할까? 크게 성공하는 것? 멋진 외모와 스타일을 갖는 것? 언젠가는 나도 그런 것들에 나의 자존감의 의미를 두었던 것 같다. 지금보다 더 성공하고, 더 멋있어 보이는 사람이 된다면 나를 더 사랑할 수 있을 것 같았다. 그러던 어느 날 나는, 만약 내가 자존감의 기준을 계속 그곳에 두며 살아간다면 어떨까 생각해보았다.

'나이가 들면 지금보다 기억력도 나빠질 테고, 나보다 똑똑하고 성공한 친구들은 더 많아질 텐데. 지금 아무리 잘나가는 직업을 가졌다 하더라도, 곧 나를 대신할 수 있는 사람들이 생길 텐데. 나도 언젠가는 주름이 생기고 늙고 뱃살도 많이 나올 텐데. 나보다 예쁜 친구들은 지금도 어디선가 태어나고 있을 텐데…'

내가 자존감의 기준을 그런 곳들에 둔다면, 나는 나이를 먹으면 먹을수록 불행해질 것이 분명했다. 아무리 붙잡으려 해도 더 이상 내 노력만으로는 어쩔 수 없는 상황이 왔을 때, 나는 어떻게 될지가 너무 뻔히 그려졌다. 그 찰나의 자존감을 어떻게든 다시 움켜쥐기 위해 나를 더 채찍질하며 살 수도 있고, 무리하게 시술을 받으며 나의 젊음이 떠나가는 것을 막으려 애쓰거나, 거울을 볼 때마다 한숨을 지을지도 모른다. 아니면 나에게 관심도 없는 사람을 붙잡고, 내가 왕년에 이렇게나 잘나갔었다며 신세한탄을 할 수도 있다.

어떤 경우를 상상해보아도 계속 이런 식으로 나의 인생을 살다가는 결국에는 불행해질 것이라는 확신이 들었다. 나는 자존감의 기준을 바꿔야만 했다. 지금껏 내가 살아왔던 기준으로는 앞으로의 인생은 행복한 날보다 불행한 날이 더 많을 것이다. 나는 '지속가능한 자존감'을 찾기로 했다. 쉽게 사라지지 않는 나만의 가치를 만들기로 했다.

쉬운 길은 아닐 것이다. 하지만 나는 이 길을 가야만 한다는 것을 알고 있다. 왜냐면 나는 순간 행복한 것이 아니라, 오래오래 행복하기를 바라기 때문이다. 내가 아무리 노력해도 붙잡을 수 없는 것들이 아니라, 내 안에 계속 남아 있을 것들을 원하기 때문이다. 나이가 들어도, 시간이 지나도, 나를 언제나 사랑하고 싶기 때문이다.

6.
남 탓하기
연습

마음의
목소리에
귀 기울이기

차라리 남의 탓이나 하지.
난 왜 이럴까, 이러고 있는 널 보면 진짜 속상해.
그 사람은 그럴 수 있고 너는 그럴 수 없는 거야?
그런 게 어딨어.
너도 그럴 수도 있지. 그게 뭐 어때서.
네 입장에서는 그럴 만하니까 그런 거겠지.
차라리 남의 탓을 해!
그 새끼가 이상한 새끼구만, 왜 네 탓을 하고 있어.

-친구 H로부터 받은 메시지-

나는 종종 남에게 잘해주고 '이렇게 해야 내 마음이 편해'라는 말을 하곤 했다. 정말 그렇게 하는 게 나에게 편한 걸까? 나는 차분히 내 마음속을 들여다봤다.

'좋은 사람처럼 보이고 싶어.'

'저 사람이 이걸 고마워하고 나한테 더 잘해주겠지?'

'저 사람이 나 때문에 기분이 나쁘면 내가 그 상황이 불편할 것 같아.'

누군가에게 인정받고 싶고, 사랑받고 싶은 다양한 욕망들이 뒤엉켜 있었다. 나는 나에게 최대한 솔직하고자 했다. 그리고 깨달았다. 그동안 내가 '이렇게 해야 내 마음이 편해'라면서 해온 행동들은 솔직히 나에게 편한 선택은 아니었다. 나의 행복을 조금 깎아서 상대방을 편하게 만들어주려고 한 것이며 상대방이 나의 그런 노력을 알아주기를 은근히 바라고 있었다.

나는 이런 나의 모습에 매우 지쳐 있었다. 다른 사람이 나를 착하고 배려심 있는 사람이라 생각한다고 내 인생이 행복해지는 것은 아니었다. 더는 이렇게 살기 싫었다. 적어도 나부터라도 나를 먼저 신경 쓰며 살고 싶었다. 그런데 웃기게도, '이제 내 맘대로 하면서 살 거야!'라고 굳게 마음을 먹은 지 정말 10초도 안 되어서, 마음 한편에서는 그렇게 살면 인간관계가 좁아지지 않을까? 사람들이 날 나쁜 사람으로 생각하지 않을까? 별의별 걱정이 다 들기 시작했다.

하지만 나는 마음을 굳게 먹기로 했다. 나는 매일 일기장에 쓰며 되뇌었다.

'이제는 나만 먼저 생각하면서 살 거다.'

'내가 네 인생 행복하게 해주려고 태어난 게 아니다.'

'우리 엄마가 남의 인생 행복하게 해주라고 나 낳고 미역국 먹은 게 아니다.'

나는 차근차근 나의 내면의 목소리에 가장 먼저 귀 기울여주는 연습을 시작했다. 방법은 이렇다.

1. 내가 어떤 행동을 취할 때, 내 속에서 조금이라도 싫거나 부담스러워하는 마음이 드는지 파악한다.
2. 만약 그렇다면, '너 이거 하기 싫구나?'라고 스스로에게 물어본다.
3. 내면의 목소리가 그렇다고 하면 '네가 싫으면 안 해도 돼'라고 다독이며 그 행동을 하지 않는다.

예전에 누군가 저녁약속을 마치고 나와 비슷한 방향에

산다고 내 차로 데려다 달라는 부탁을 한 적이 있다. 예전 같았다면, 나의 목소리를 듣기보다는 우선 그 사람의 부탁을 들어주는 것에 집중했을 거다. 하지만 그날은 내 목소리를 먼저 듣기로 했다. '나 오늘은 좀 피곤해. 집에 일찍 가고 싶어'라는 마음의 목소리를 깨달았고, 그 사람에게 미안하지만 오늘은 좀 힘들 것 같다고 거절했다.

솔직히 나는 그 거절을 하면서 그 사람이 마음이 상하지 않을까? 내가 나쁜 사람이 되는 걸까? 두렵기도 했다. 하지만 놀랍게도 내가 걱정했던 일은 하나도 일어나지 않았다. 나는 자신감이 붙었고 그 이후로도 몇 번의 연습을 더 했다. 혹시라도 나보다 남을 위할 것 같은 기세가 내게서 보이면, 다시 일기장을 펼쳐 이 말을 되뇌었다.

'내가 네 인생 행복하게 해주려고 태어난 게 아니다!!'

웃기게도, 연습이 거듭되면서 상대방의 부탁을 거절하면 할수록, '내가 나를 아껴주고 있구나, 누구보다도 나를 먼저 생각하고 있구나!'라는 확신이 들면서 나의 행동에 더 자신감이 붙기 시작했다. 나는 깨달았다.

'나만 생각해도 되는 거였어. 그렇게 살아도 아무 일도 일어나지 않는 거였어. 심지어 더 행복해지는구나!'

그렇게 꽤 많은 연습을 거친 나는, 이제 모든 상황에서 나의 행복을 1순위로 두는 게 조금은 자연스러워졌다. 그리고 이제야 '이렇게 해야 내 마음이 편해'라는 말을 스스로에게 떳떳하게 할 수 있게 됐다. 하지만 그럼에도 불구하고 가끔씩 마음이 흔들릴 때면 다시 생각한다.

'내가 네 인생 행복하게 해주려고 태어난 게 아니다! 나는 언제나 나를 위해 살 거야!'

내 면 의
아 이
다 독 이 기

저 사람
원래 그런 사람이잖아.
무시해.

원래
일하다 보면 그렇잖아.
그냥 무시해.

난 이런 말이 싫다. 애초에 무시가 되는 일이었으면, 이런 감정이 들지도 않았을 거다. 무시가 안 되니까 화가 나고 속상한 건데, 무시를 하라니. 우선 저 말은 아무것도 해결이 되지 않는 무책임한 말이기도 하거니와, 그 말에는 엄청나게 큰 문제점이 있었다.

사람 마음이 그렇지가 않다는 거다. 상처받은 자리는 나에게 유독 연약하고 말랑말랑한 부분이기에, 다시 똑같은 일이 벌어졌을 때에도 나는 비슷한 아픔을 느끼게 된다. 그런 상황에서 저 말을 계속 듣다 보면 마음 한구석에 '왜 나는 계속 무시가 안 되는 거지? 내가 너무 예민한 걸까?' '왜 나는 이 상황이 익숙해지지 않는 거지? 난 어른스럽지 않은 걸까?' 이런 의문들이 꼬리에 꼬리를 물게 되고 결국 에는 '아, 다른 사람들은 다 무시가 가능한 거였는데, 내가 멘탈이 강한 사람이 아니어서 무시가 안 되는구나. 나는 멘탈이 약한 사람이구나. 난 못난 사람이구나' 이렇게 자신을 탓하게 되는 것이다.

세상에! 지나고 생각해보니 굉장히 어이없는 상황이다. 따지고 보면 나에게 상처를 준 사람을 탓해야 맞는데, 나는 계속 내 탓만 하며 나를 못난 사람으로 만들었다. 억울했다. 더 이상 이렇게 자책하며 살 수는 없었다. 그때의 나는 반복되는 상황을 무시하지 못하는 나를 탓할 게 아니라, 그런 상황이 반복되는 것에 화를 냈어야 했다. 상처받고 슬퍼하는 나의 감정을 보듬어줬어야 했다.

'힘들어 해도 괜찮아. 그럴 만하니까 힘든 것뿐이야. 슬퍼해도 괜찮아. 충분히 슬플 만한 일인 걸. 화가 나도 괜찮아. 이런 일에도 화를 내지 않으면 그게 사람이야? 예수님

이나 부처님이지.'

　이렇게 말이다. 나는 내 안에서 샘솟는 다양한 감정을 부정하지 않기로 했다. 내가 상처받는 것이 내가 못나고 약한 탓이라고 생각하지 않기로 했다. 나는 내 마음속에 귀 기울여 보았다. '감정'이라는 상처받은 어린아이가 울고 있었다. 나는 슬퍼하고 있는 그 아이에게 말해주었다. 그럴 수 있다고. 네가 충분히 힘들고 괴로울 수 있는 상황이었다고.

생각의
전환

나는 말했다.
"저는 배고프면 엄청 예민해져요!"
그 사람은 말했다.
"정현 씨는 굉장히 편한 사람이네요!
먹을 거만 챙겨주면 행복해하니까요!"

어쩐 일인지, 순식간에 나는
예민한 사람에서 편안한 사람이 되어버렸다.

어쩔 수 없지,
뭐!

남들이 어쩔 수 없다는 말을 하면 핑계처럼 들리지만,
내가 나에게 하는 '어쩔 수 없지, 뭐!'라는 말은
참 마음에 든다.
'뭐 어쩔 거야! 이미 벌어진 일인데!'라는
당당한 마인드가 장착된 뻔뻔한 자신감이랄까.

근데 뭐 어떡해.

내가 이런 사람인 걸.

어쩔 수 없지, 뭐!

괜한 말들에 몸이 움츠러들 때면 이렇게 외치며
어깨를 강제로 조금씩 펴본다.

당신도
그렇습니다만

누군가   너는 왜 그렇게 항상 부정적이니?
나   당신도 지금 저를 부정적으로 보고 있습니다만.
누군가   너는 왜 그렇게 예민하니?
나   당신도 지금 저에게 예민하게 반응하고 있습니다만.

한 번쯤 이렇게 말해보고 싶었다.
하지만 이제 나는 알고 있다.
나에게 최선의 선택은 이런 대답들이 아니라
그저 하루 빨리 저 사람과 거리를 두는 것임을.

판단

"그건 네가 잘못했네, 네가 조심했었어야지."
나는 생각했다.
'법무부 장관이야, 뭐야.'

세
사람

삼인성호(三人成虎)라는 사자성어가 있다. 직역하면 '세 사람이 호랑이를 만든다'라는 뜻으로, '아무리 거짓된 말도 여러 사람이 되풀이하면 참인 것처럼 여겨진다'는 의미의 사자성어이다.

지금 내 주변에서 나에게 가장 큰 영향을 주고 있는 사람 세 명을 떠올려보자. 아마도 평소에 내가 가장 시간을 많이 쓰고, 관심을 많이 쏟고 있는 사람일 거다. 그 사람은 엄마가 될 수도 있고, 남자친구가 될 수도 있고, 직장상사가 될 수도 있다. 나의 인생에 가장 큰 지분을 갖고 있는 그 사람 중 한 명이, 만약 나에게 이런 말을 하면 어떨까.

'너는 참 이기적인 사람이야.'

처음 그런 말을 들었을 때에는 아마 그 말을 믿지 않을 것이다. 나에 대해서 잘 알지도 못하면서 함부로 말한다며 그 사람을 탓하기도 할 것이다. 하지만 나에게 그런 말을 하는 사람이 한 명이 아니라 세 명이 된다면 어떨까. 그때가 되어도 그 말을 흘려 들을 수 있을까.

'정말 내가 그런 사람인가?' 생각하며, 나를 한 번 더 되돌아보게 되지 않을까. 그렇게 나는 그 사람들의 말이 진짜인지 아닌지, 과거의 행동들을 하나씩 되짚어보게 될 것이다. 문제는 무엇일까. 사람이라면 모름지기 그 속에 다양한 면들을 가지고 있기 때문에, 내 안의 어떤 성향을 찾으려 한다면 어떻게든 그것을 찾아낼 수 있다는 것이다.

예를 들어, 나라는 사람은 어떤 모임에서는 외향적이기도 하고, 누군가에게는 내향적이기도 하며, 상황에 따라 이타적이기도 하고, 이기적이기도 하며, 때에 따라 밝고 명랑한 사람이기도 하고, 우울하고 어두운 사람이기도 하며, 또 어떨 때는 지독한 현실주의자이지만, 언젠가는 순수한 이상주의자이기도 하다. 이런 상황에서 내가 이기적인 사람이었던 적이 있는지 찾으려고 한다면, 아마 수많은 일들이 떠오를 것이다. 그리고 그렇게 줄줄이 소시지처럼 끝없이 딸려 나온 '내가 이기적인 사람이라는 증거'들을 앞에 두고, 나는 좌절할 것이다.

'아, 나는 정말 이기적인 사람이구나.'

이렇듯 내 주변의 세 사람이 나를 어떻게 바라보느냐에 따라 나는 좋은 사람이 되기도 하고, 나쁜 사람이 되기도 한다. 그러므로 스스로를 바라볼 때 나의 못난 부분이 먼저 보인다면 생각해보자. 지금 내 주변의 세 사람은 어떤 사람인가. 나를 깎아내리고 못나 보이게 만드는 사람인가, 아니면 나를 사랑스럽고 멋진 사람으로 느끼게 하는 사람인가. 나를 작아 보이게 하는 사람이 있다면, 과감히 선을 긋자. 그들의 평가에 더 이상 흔들릴 필요가 없기 때문이다. 나를 만족스럽게 보이게 하는 사람이 있다면, 더욱 가까이 두고 감사하자. 그들이 있기에 나를 더욱더 사랑할 수 있기 때문이다.

내 안의
에너지
소중히 여기기

　주변 사람의 인생을 너무 걱정하지 말아야겠다고 생각한 이유가 있다. 그 사람을 위해서가 아니다. 나를 위해서 그렇게 해야만 한다. 그 이유를 적어보면 이렇다.

　얼핏 보면 내 안에 있는 에너지는 닳아 없어지는 존재가 아닌 것처럼 보이지만, 절대 그렇지 않다. 분명히 내가 하루에 쓸 수 있는 에너지는 한정되어 있다. 그렇기에 나는 '나의 에너지는 매우 귀한 것'이라고 항상 유념해두어야 한다.

　그리고 그 희소한 에너지를 누구에게 쓸지는 내가 정한다. 나는 그 에너지를 나에게 쓸 수도 있고, 가족 혹은 친구나 연인에게 쓸 수도 있다. 나의 에너지를 누구에게 얼마만큼 쓸지 정하는 것은 굉장히 중요한 일이다. 왜냐하면 내가 에너지를 쓰는 만큼 나는 '기대감'이라는 굉장히 큰 리스크를 얻게 되기 때문이다. 기대감이란 어떻게 생겨나는가. 나의 에너지가 소비되는 곳에는 기대감이 생기게 된다. 에너지를 많이 사용할수록, 기대감은 커진다.

예를 들어, 어떤 일에 에너지를 많이 사용한다면, 점점 더 그 일이 잘되기를 바라게 된다. 마찬가지로 우리가 누군가에게 에너지를 많이 사용하면 할수록, 그 사람이 이 사실을 알아주기를 바라거나, 나에게 그만큼 되돌려주기를 바라는 마음이 커진다. 계산적인 사람이라서 그런 생각이 드는 것은 절대 아니다. 사람이라면 누구나 그런 생각이 든다. 그렇기에 나의 에너지를 많이 사용할 일이 생길 때 더욱 신중해야 한다.

가끔 친한 친구의 고민을 듣다 보면 이런저런 조언들을 늘어놓고 싶어질 때가 있다. 그 당시 나의 친구는 남자친구와 자주 다투며 싸웠고 크게 상심해 있었다. 남자친구와의 관계로 힘들어하는 친구의 모습이 너무 안타까웠다. 마치 계속 가라앉는 늪과 같은 그 관계에서 친구를 빼내주고 싶었다.

지금 생각하면 웃음이 나온다. 내가 뭐라고 그 친구의

인생을 구원해주고 말고 한단 말인가. 하지만 그때의 나는 그 사실을 알지 못했다. 나는 많은 에너지를 써서 그 친구의 인생을 함께 걱정해주었다. 그리고 그 친구와 나의 관계는 어떻게 되었을까? 내가 그렇게 행동한 순간부터 나에게는 친구를 향한 기대심이 생겼다.

'친구가 내 조언을 듣고 잘 해결하겠지?'

'나중엔 분명 내가 이렇게 같이 고민해줬다는 걸 고마워할 거야.' 하지만 생각해보면 누구나 자신의 인생을 살고 있을 뿐이다. 그러므로 그 친구는 나의 조언을 선택하지 않을 수도 있다. 그건 어찌 보면 당연히 벌어질 수 있는 일이다. 그 친구의 인생에 있어서 가장 중요한 사람은 내가 아니라 자기 자신일 것이기에. 이 상황은 충분히 벌어질 수 있는 일이고 나쁜 일도 이상한 일도 아니었지만, 그런 상황이 벌어졌을 때 나는 묘한 실망감을 느꼈다. 괜히 그 친구가 답답해 보였고, 서운한 감정이 들었다.

나는 알지 못했던 것이다. 내가 에너지를 써서 그 친구를 걱정하는 만큼, 그 친구에게 실망할 확률도 높아진다는 것을. 머릿속으로는 그럴 수 있다고 생각하면서도, 서운한 마음이 드는 것을 막을 수는 없을 것이라는 것을. 내가 그 사람을 위한다고 했던 행동들은 결국 그 사람을 위한 것도, 나를 위한 것도 아닌 게 되어버렸다. 나는 잘해주고도 상처받고 싶지 않았다. 에너지를 쓰고도 친구와 서먹해지고 싶지 않았다. 그래서 나는 그 뒤로 누구보다도 나를 먼저 생각하는 사람이 되기로 했다. 내 안에 있는 에너지를 소중히 여기고, 누구에게 얼마만큼 쓸 것인지를 진지하게 고민하는 사람이 되기로 했다. 내 인생이 아닌 일에는 적당히 거리를 두고 바라보기로 했다. 상대방이 아니라, 나를 위해서. 이런 의문이 들 수도 있다.

'그렇게 살면 인간관계가 너무 팍팍하지 않나? 그게 정말 친한 친구가 맞나?'

하지만 내가 행동으로 옮겨본 결과, 생각지도 못한 반전이 있었다! 이렇게 다른 사람의 인생에 걱정을 안 하기 시작한 것은 내가 더 이상 상처받거나 누군가에게 실망하기 싫어서, 냉정하게 정말 '나'만을 위해서 선택한 길이었다. 하지만 시간이 지난 뒤 주변인들에게 물어보니 그때의 내 행동에서 '자신을 믿어주고 있다'는 든직한 느낌을 받았다고 한다.

신기한 일이다. 생각해보면, 믿음이 뭐 별거인가. 걱정하지 않고 잘할 수 있을 거라고 생각하는 게 믿음 아닌가. 그런 의미에서, 나는 이제야 진정으로 주변 사람들을 믿고

지지해주게 된 것 같다. 나처럼 누군가에게 에너지를 생각
보다 많이 쓰고 있다는 생각이 든다면, 잠시 멈추어보자.
그리고 그 에너지를 나를 위해 사용해보자. 나에게도 좋
고, 그 사람에게도 좋은 일이 될 것이다.

사회
생활
꿀팁

내 친구 H가 알려준 두 가지 사회생활 꿀팁이 있다.

먼저 첫 번째.

싫어하는 사람의 욕은 5분 이상 하지 않는다.

그 사람을 위해 쓰는 나의 시간은 5분이면 적당하다.

그 이상은 내 시간이 더 아깝다.

나의 시간을 소중히 하자.

그리고 두 번째.

그럼에도 불구하고 너무 화가 나는 날에는

코트 속 주머니에 손을 깊숙이 넣고 그를 향해

엿을 날려주자.

살짝 통쾌함을 느낄 수 있다.

개인주의자의
다짐

오늘도 지극히 누구보다 나를 더 먼저 생각하는
개인주의자로 살기를 다짐한다.
누군가에게 잘 보이기 위해
내 살을 깎아내지는 않겠다고,
그들의 행복을 위해 내가 태어난 것이 아니라고,

오롯이

나를 위해서만

나의 하루를 쓰겠다고.

7.

나를
못나게 만드는
연애 끝내기

이별을
앞두고
찾아오는 두려움

'그만해야 하는 걸까.'

'대체 우리는 언제 이렇게까지 멀리 와버린 걸까…'

이런 생각이 나를 덮어가려고 할 때, 더 깊게 생각을 하고 파고드는 대신 나는 넷플릭스를 켠다. 우울한 생각은 하면 할수록 꼬리의 꼬리를 물게 되니까.

나는 새로 나온 신작들과 나를 위한 추천작들을 쭉 둘러보았다. 내가 고른 영화의 제목은 〈Break Up〉. 남자친구와 싸운 후 보기에 아주 적절한 느낌의 제목이다. 내가 좋아하는 제니퍼 애니스톤이 주인공을 맡았다. 포스터를 본 순간 조금은 내용이 뻔한 로맨스 영화일까 걱정이 되기도 했지만, 애초에 내 목적은 재미가 아니었으니 상관없었다.

그저 지금 이 우울한 생각을 잠시라도 잊을 수 있다면 그걸로 된 것이다.

영화가 시작됐고, 역시 제목에서 느껴지는 것처럼 누구나 예상할 수 있는 그 길로 영화는 흘러갔다. 우연히 그들은 만났고, 사랑을 했고, 서로가 익숙해지고 지겨워졌다. 그리고 서로에게 상처만을 남기는 말다툼이 계속되었다.

"내가 이렇게 저녁을 차렸으면 설거지 정도는 해줄 수 있는 거 아니야?"

"누가 안 한다고 했어? 지금 당장 하기 귀찮을 뿐이라고 했잖아. 하루 종일 일하다가 왔는데 조금 쉬고 하면 안 돼?"

정답이 없는 싸움. 누구의 말도 틀리지 않은 싸움. 그런 싸움을 그들은 몇 번이고 반복했다. 그렇게 한 시간 정도 지났을까. 나도 모르게 나는 입 밖으로 이렇게 뱉어냈다.

"뭐야. 저런 사람이랑 헤어지면 다행인 거 아닌가? 잘해주는 걸 고마워하지도 않고, 뭐 부탁해도 흔쾌히 해주지도 않고, 도대체 저런 사람을 왜 만나는 거야."

하지만 영화 속 여주인공은 영화가 거의 끝나갈 때까지도 그 사람에 대한 미련을 버리지 못했고, 희망을 가졌고, 쉽게 관계를 끝내지 못했다. 현실의 나는 영화 속 여주인공과 무엇이 다를까.

영화의 엔딩 크레딧이 올라가며, 검은 화면에 비친 내 모습을 보며 나는 생각했다. 저 영화를 볼 때처럼 나도 내 연애를 객관적으로 볼 수 있다면 얼마나 좋을까. 저 여주인공을 바라볼 때처럼 스스로를 바라볼 수 있다면, 그럴 수만 있다면 내 연애의 끝이 조금은 더 쉽지 않았을까. 조금은 덜 아프지 않았을까.

나는 그날 밤 눈을 감고 누워 머릿속으로 나의 영화를 그려보았다. 주인공은 나이고, 상대역은 그 사람인 그런 영화. 만약 이 영화가 실제로 개봉한다면 10만 명은 고사하고 일주일 만에 IPTV에 깔릴 것 같은 그런 스토리일지도 모르지만, 나에게는 너무나도 보고 싶었던 그런 영화. 우리의 관계를 한 발자국 떨어져서 볼 수 있게 해줄 그런 영화를 말이다.

한 번의 연애가 끝나고, 두 번의 연애가 끝나고, 세 번 그리고 네 번의 연애가 끝날 때까지는 나의 이별은 이렇지 않았다. 그때의 이별을 앞둔 나를 힘들게 했던 건, 이런 것들이 아니었다. 그때의 나는 그 사람과는 이제 남보다도 못한 사이라는 것이 슬펐고, 그 사람의 소식을 더는 들을 수 없다는 것에 좌절했고, 평생 이렇게 그 사람을 잊지 못해 괴로운 것은 아닐까 무서웠다. 그때의 나는 이별을 겪은 사람들을 찾아가서 언제쯤 그 사람을 잊을 수 있냐고 묻곤 했었다.

모두들 시간이 약이라고 했다. 그리고 그 말은 사실이었다. 시간이 지나 그 후로 몇 번의 이별을 더 겪고 난 지금, 나는 그동안 내가 느끼던 것들과는 전혀 다른 것을 느낀다.

'그래. 이 사람도 결국엔 다른 사람들처럼 잊혀지겠지. 그리고 언젠가 나는 또 누군가를 만나게 될 거야'라고 생각한다. 하지만, 여전히 나는 이별이 두렵다. 이제는 그 사람과의 헤어짐이 두려운 게 아니라, 이 사람도 결국 나와 맞지 않는 사람이라는 사실을 받아들이는 것이 두렵다. 이번엔 진짜 마지막이라고 생각했는데, 내 선택이 또 틀렸음을 받아들이는 것이 두렵다. 도대체 언제까지 이렇게 만남과 헤어짐을 반복해야 하는 걸까. 나와 맞는 사람이 이 세상에 존재하기는 하는 걸까. 나에게 무슨 문제가 있는 건 아닐까.

누가 봐도 우리는 안 맞는 사이였지만 여전히 나는 그 관계를 쉽사리 끝내지 못하고 있었다. 그때 나는 다시 D를 만났다.

"언니. 저는 무서워요. 헤어지는 것도 무섭고 이 사람을 계속 만나는 것도 무서워요."

"네가 두려워하는 게 정확히 어떤 거니."

"그 사람이 잘하겠다고 했지만 과연 정말 그렇게 우리가 맞춰나갈 수 있을까요? 서로 안 되는 걸 억지로 맞춰보려다가 지쳐서 헤어지고 나중에는 아 그때 헤어졌어야 했는데… 라고 생각할까 봐 두려워요."

"정현아. 난 그 사람이 너를 사랑하지 않는다고 생각하진 않아. 그런데 그 사람이 지금 갖고 있는 너에 대한 사랑이나 감정 말고, 그 사람 자체를 봐. 그 사람은 바뀌지 않아. 아무리 널 사랑해도 말이야."

나는 잠시 머릿속으로 그 사람 자체가 어떤 사람이었는지 생각해보았다. D는 말을 이어갔다.

"그 사람은 그 사람대로 살아야 해. 그래야 그 사람도 너도 행복할 수 있는 거야."

마지막으로 나는 생각했다. 나는 어떤 사람일까. 나대로 산다는 건 어떤 것일까. 나도 결국 나대로 살아야만 행복한 연애를 할 수 있는 거였다.

웃다가도
가끔은
불안해

　너와 너무 행복한 나날을 보내다가도, 아무 생각 없이 웃다가도 가끔은 불안하곤 해. 너도 혹시 비슷한 사람이 아닐까? 너도 나에게 상처를 주고 떠나가지 않을까 말이야. 나는 여전히 내가 상처받을까 두려워. 만약 다시 그런 일이 생긴다면, 난 정말 힘들 것 같거든. 난 좋은 사랑을 받을 자격이 없는 걸까, 좌절하며 나를 저 바닥까지 끌고 갈 게 뻔하거든.

　사실, 난 이런 불안함을 네가 해소해주길 바랐어. 아마 나는 너에게 확답을 받고 나면 내 마음이 괜찮아질 거라고 생각했나 봐. 그런데 이게 무슨 일일까.

　너에게 몇 날 며칠 동안 그런 일은 일어나지 않을 거라는 이야기를 들었지만 내 마음은 여전히 계속 불안했어. '네가 날 떠나지 않겠다는 계약서라도 쓰면 이 마음이 괜찮아질까?' 하다 하다 이런 생각까지 들자 나는 웃음이 나기도 했지. 계약서는 한낱 종이 쪼가리일 뿐인데, 그걸로 내 기분이 괜찮아진다면 그것도 웃기잖아. 나는 불안했던 마음이 어디서 왔는지 찬찬히 되짚어봤어. 너라는 사람의 어떤 면이 날 불안하게 했던 걸까. 그런데 생각하면 할수록, 내 머릿속에는 너의 어떤 말이나 행동보다 너를 만나기 이전의 사람들에게서 받은 상처들로 여전히 괴로워하고 있는 내가 보였어.

너에게 미안했어. 너는 불안해하는 나를 보며 얼마나 속상했을까? 막상 나는 우리 엄마가 '네가 아빠처럼 될까 걱정된다'는 말을 할 때 절망하고 괴로워하면서도, 나는 너를 있는 그대로 봐라봐주지 못했구나, 내가 그렇게 싫어하던 과거의 상처들에 너를 투영해서 봐라봤구나 하는 생각이 퍼뜩 들더라.

이제부터 나는 너를 믿어보기로 했어. 맞아. 사람 일은 모르는 거니까. 믿었던 너에게 또 상처받을 수도 있지. 하지만 말이야, 지금 너의 모습을 있는 그대로 바라봐주지 않는다면, 그건 내 손해겠다 싶더라고! 내가 불안해한다고

200

해서 뭐가 달라지는 건 없을 텐데, 너는 그저 언제나 너의 모습일 텐데, 이 감정을 계속 가지고 간다면 괴로운 건 나뿐일 테니까. 너와 나를 위해서, 난 네 그대로의 모습을 바라볼 거야.

또다시
연애가
끝났다

　나를 정말 괴롭게 했던, 나를 정말 아프게 했던, 나를 정말 못나 보이게 했던 연애가 끝났다. 내가 그 연애를 하면서 화가 났던 건 그 사람들의 행동이 아니었다. 그 사람들의 변한 마음도 아니었다. 그 사람들의 행동이 나에게 상처를 주고 나를 시도 때도 없이 불안하게 만들었음을 알면서도, 내 행복의 저울이 불행으로 기울었다는 걸 알면서도 물리치지 못한 나, 나의 행복보다 중요한 게 없음을 깨닫지 못한 그런 나에게 화가 났다.

　'너 몰랐던 거 아니잖아, 알고 있었잖아. 왜 너 스스로를 속였니. 불행하면서 왜 행복한 척했니. 그래 그 새끼는 원래 그런 새끼라고 치고, 너는 그거 알았으면 그만했어야지.'

그 사실을 알면서도 모르는 척하면서 계속 끌고 온 게 나라는 걸 알아챈 순간, 나는 더 이상 그 사람들을 욕할 수 없었다. 그것 또한 자기기만이기에, 그런 그들을 선택한 것도 내 자신이기에.

'그래 모두 내가 선택했던 일이었어. 누구에게도 책임을 돌릴 수 없는 거야. 그렇다면 이제 나를 위한 선택을 하자. 내가 행복하지 않은데 행복한 것처럼 더 이상 나를 기만하지 말자. 결국 내 인생은 내가 선택한 대로 살아가는 거니까.'

내가 가장 두려운 건 내가 나를 싫어하게 되는 상황이다. 저 사람은 내 인생에 10분의 1도 안 되는 시간을 보낸 사람이니 나를 싫어해도 상관없다. 하지만 내가 나를 싫어하게 되는 건 정말 견딜 수 없다. 왜냐하면 나는 나와 헤어질 수 없으니까. 죽을 때까지 같이 지내야 하니까. 나는 나를 계속 사랑하고 싶다. 그러기 위해선 연애에 있어서도 내 행복에 귀 기울인 선택만을 하자고 다짐했다.

독립적이지 않은
사람

"너는 좀 의존적이야, 독립적이지 않은 거 같아."

연애를 하면 듣곤 했던 말이다. 그 말을 들었을 때 나는 "혼자서 나와서 살고 있고 내가 스스로 돈도 벌며 살고 있는데 내가 의존적이라고?"하며 반문했지만, 집에 와서는 정말 많은 생각을 했었다.

'내가 요즘 그 사람한테 너무 많이 칭얼댔나…?'

'내가 뭘 자꾸 그 사람한테 해달라고 했나…?'

이런 고민 끝에 내린 결론은 '그래? 그럼 너 진짜 독립적인 여자가 뭔지 내가 보여주겠어!!'였다.

그렇게 칼을 갈듯 내 마음을 강하게 단련시켜 힘든 일이 있어도 아무렇지 않은 척하며 얘기하고 혼자서 해결할 수 있다며, 신경 쓰지 않아도 된다고, 내가 이렇게 독립적인 여자라고 티를 팍팍 냈다. 그렇게 내 스스로를 강하게 단련시키던 어느 날, 나는 정말 사무치게 외로웠다. 힘들어도 힘든 티를 내서는 안 될 것 같았다. 쓰러질 것 같아도 기댈 곳은 없었다. 주변 사람들이 보기에는 내가 강해졌다고 느꼈을지 몰라도, 나는 점점 더 외로웠다.

'잠깐, 이게 뭐지?' 이렇게 둘이어도 외롭고 힘들 거면, 차라리 혼자인 게 낫겠다. 그렇게 그 외로웠던 연애를 끝냈다. 그리고 나는 혼자일 때보다 둘일 때 더 외로운 상황이 있을 수 있다는 말도 이해하게 되었다.

지금은 어떻게 생각하느냐고? 그놈의 독립적인 여자가 뭔데? 힘들어도 적당히 기대는 사람? 네가 귀찮지 않을 정도로만? 아니다. 아예 힘들어하지 않는 걸 바라는 건가? 근데, 만약 내가 그런 사람이면 너를 왜 만나니. 그렇게 혼자서 아무 도움 없이도 잘 살 수 있다면 네가 왜 필요하니. 그냥 혼자 살고 말지. 그래서 나는 독립적이니 의존적이니 운운하는 말이 싫다. 차라리 그럴 바엔 혼자 살겠어!

"나 오늘 엄청 힘든 일 있었어." 친구에게 메시지를 보내며 생각한다. 나는 상처에 무뎌져 외로운 삶보다는, 가끔 상처받고 힘들지라도 따뜻한 삶을 원한다.

좋은 연애와
나쁜 연애
구별법

좋은 연애와 나쁜 연애를 구분하는 방법은 간단하다.

좋은 연애는 하면 할수록 내 자신을 사랑하게 된다.

나쁜 연애는 하면 할수록 내 자신을 의심하게 된다.

상처 주는 연애가
안 좋은
진짜 이유

나에게 자꾸만 상처를 주는 연애가 있다. 그 연애가 나에게 안 좋은 이유는 단지 그 상처 때문만은 아니다. 나는 한때 내가 생각해도 이건 아니다 싶은 연애를 지속해본 적이 있다. 그리고 그런 연애를 오래 지속할수록 아래와 같은 문제가 생겼다.

첫 번째, '왜 끝내지 못하지?' 자책이 늘어난다.

아무리 다시 생각해봐도 아닌 것 같은 연애일지라도, 나는 그 관계를 단칼에 끝낼 수 있는 사람이 아니었다. 보통은 정이 들고 미련이 남아 아닌 것 같음을 알면서도 단번에 결정을 내리지 못했다. 그럴 때면 나는 아닌 것을 알면서도 끝내지 못하는 내가 바보처럼 보였다. 나를 위한 선택이 아닌 것 같아 나는 나를 사랑하지 않는 걸까 자책했다. 분명히 상처를 준 사람은 상대방임에도 불구하고 그 관계를 놓지 못하는 스스로를 더 책망하는 상황에 놓이게 되는 것이다.

두 번째, 주변 사람들과의 관계가 소원해진다.

그가 사랑한다고 말하면서 정작 나를 소중하게 여겨주지 않는 듯한 행동을 보일 때, 이 사실을 알게 된 친구나 가족은 보통 빠른 시일 내에 그 관계에서 내가 벗어나기를 바란다. 아마 나였어도 그랬을 것이다. 나에게는 너무 소중한 사람이기에 똑같이 소중하게 대해줄 수 있는 사람을 만났으면 할 것이다. 하지만 주변의 만류에도 불구하고 계속 미련을 놓지 못하는 내 모습을 마주하는 순간, 나는 이 사실을 알게 된다면 주변 사람들이 나에게 실망하지는 않을까 두려움에 빠지게 된다. 실제로 계속 똑같은 상황을 반복하는 내 모습을 지켜보는 게 지겹다고 느껴지는 않을까 걱정됐다. 그런 두려움과 걱정이 쌓이다 보면, 연인과 아무리 큰 문제가 생겨도 주변에 소중한 사람들에게 선뜻 마음을 꺼내놓지 못하게 된다. 지금 느껴지는 나쁜 감정들을 혼자 떠안고 해결하려고 애쓰게 된다. 서서히 뜨거워지는 냄비를 알지 못하고 그 속에서 죽어가는 개구리처럼, 서서히 내 마음을 숨긴 채로 가족과도 멀어지고, 친구와도 멀어지게 된다. 그럴 때면 나는 더 의지할 사람이 없어 갈 곳을 잃곤 했다.

나에게 상처를 주는 연애는 그만하기로 했다. 나를 자꾸만 자책하게 만드는 연애도, 나를 점점 더 외롭게 만드는 연애도 더 이상 하지 않을 것이다.

산으로 가는
대화
방식

    상대방의 의견을 인정해주지 않는 사람과 대화를 하다 보면 달콤한 대화조차도 산으로 갈 수 있다.

    사랑해 ❯ 내가 더 사랑해 ❯ 아닌데. 내가 더 사랑하는데? ❯ 아니거든. 내가 더 사랑하거든? ❯ 야, 무슨 소리야. 내가 더 사랑하는 게 분명한데 ❯ 어떻게 분명한데? 내가 보기엔 내가 더 사랑하거든? ❯ 야, 너는 어떻게 한마디를 안 지냐? ❯ 너는? 너는 뭐 다르고? ❯ 너는 항상 이런 식이지! ❯ 이럴 거면 헤어져! ❯ 파국

반성한다,
친구야

　그때 너의 연애 고민상담을 해주었을 때, 난 네가 이해되지 않았다. 왜 안 헤어지는 걸까. 누가 봐도 네가 너무 고생하고 있는데, 심지어 너도 알고 있는데. 왜 헤어진다고 말만 하고 그렇게 하지 않는 걸까. 왜 너를 할퀴고 깎아내리는 사람과 계속 만나는 걸까. 그렇게 계속 너의 이야기를 듣던 나는, 언젠가부터 너를 의심했던 것 같다. 그 사람이 너에게 했던 말들처럼 네가 나약한 사람이라서 그런 걸까, 네가 너 스스로를 사랑하지 않아서 그런 걸까 하고.

　그런데 지금 생각해보니, 사람 마음이 그렇게 전깃불 끄듯 한 번에 꺼지는 게 아니더라. 마음으로 시작한 연애인데, 이성으로 그만둘 수 있다고 믿었던 게 바보 같은 생각이었더라. 지금 너와 대화를 나누었던 때로 돌아갈 수만 있다면, 나는 그때와는 다른 말을 해주고 싶어.

'지금 이렇게 주저하고 있는 너의 모습도 너무 자연스러운 거라고, 그때 그 사람을 다시 만나기로 했던 너의 선택은 그럴 만해서 그랬던 것뿐이라고, 너는 내게 웃음이 많고 재미있고 천사 같은 친구라고, 그런 네가 요즘 이렇게 울적하고 의기소침하게 된 것은 너의 잘못이 아니라고…' 말야.

왜 나는 그때, 좀 더 너의 편에 있어주지 못했을까. 왜 이렇게 이야기해주지 못했을까. 너의 밝은 마음을 갉아먹던, 네 옆에 있던 그 사람과 내가 뭐가 달랐을까. 몇 년이 지난 지금, 문득 나의 연애를 돌아보니 네 생각이 난다.

이별이
알려준
나에 대한 사실

요즘 드는 생각이지만, 이별을 경험하는 건 나쁘지만은 않은 것 같다. 나라는 사람에 대한 데이터베이스가 차곡차곡 쌓여가는 느낌이랄까. 나는 그렇게 쌓아놓은 데이터를 바탕으로 그러려니 하고 생각하는 법을 배워간다. 예전에는 '뭐야, 나 갑자기 왜 이러지?' 했던 상황들에서, '아 맞다. 나 원래 이런 사람이지'라고 생각하게 되는 것이다.

예를 들면, 난 이별한 뒤에는 밥이 입으로 들어가지 않았다. 처음 이별을 맞고 밥도 제대로 못 먹는 나를 보며, 나는 그 사람이 내게 참 특별한 존재라고 생각했다.

'아, 내가 이렇게 밥도 못 먹을 정도로 그 사람을 많이 좋아했구나.'

하지만 이게 웬걸. 두 번째, 세 번째, 네 번째… 새로운 사람과의 이별을 겪는 동안, 나는 매번 밥을 챙겨 먹지 못했다. 나는 매번 울며 밤을 보냈다. 언젠가는 이런 생각이 들었다.

'내가 그 사람을 그렇게 좋아했었나?'

생각해보면, 딱히 첫 번째 사람보다 두 번째 사람이 월등히 좋았다든지 했던 것도 아니었고, 심지어 길에서 마주치게 된다면 어깨라도 팍 밀쳐주고 싶을 정도로 미워하며 끝난 사람도 있었다. 그럼에도 불구하고 나는 누구와 헤어지던 간에 상관없이 얼마간은 밥이 잘 넘어가지 않았던 것이다.

'어쩌면, 그 사람이 내 인생에서 너무 중요한 사람이어서 밥을 못 먹었던 게 아니었을 수도 있다.'

나는 이제 알고 있다. 나라는 사람은 그렇게 이별을 겪는다는 것을. 마지막 이별에서, 또다시 밥을 먹지 못하는 나를 보며 생각했다. '아 맞다. 나 원래 이런 사람이지.'

드라마가
연애를
망쳤다

  나는 로맨스 드라마가 싫다. 어디다가 '왜 이런 드라마를 만들었냐'고 하소연을 하고 싶을 정도로 로맨스 드라마가 싫다. 내가 그런 드라마를 싫어하는 이유는 정말 많지만, 가장 크게 느끼는 것은 이것이다. 나의 잘못된 연애관의 주범이라는 것! 신데렐라 판타지나, 마주치기도 힘든 재벌 3세 이야기를 하려는 게 아니다. 나는 그것과는 조금 다른 이야기를 하고 싶다.

1. 왜 드라마에서는 남자의 끊임없는 구애가 진짜 사랑인 것처럼 연출하는가? 왜 드라마에서는 여자의 입장이나 주변 상황을 생각하지 않고 밀어붙이는 남자의 행동들

을 로맨틱한 행동처럼 포장하는가? 여자 주인공이 싫다고 하는데도 남자 주인공의 계속된 구애 끝에 결국에는 사귀게 되는 그런 연출은 이제 그만했으면 좋겠다. 만약 현실에서 여자가 싫다고 하는데도 계속 연락하고, 뭘 자꾸 사주고, 시도 때도 없이 집 앞에서 기다리는 사람을 만난다면, 그런 사람이 바로 스토커이지 않나.

2. 여자의 거절을 진짜 거절이 아니라, 가치를 높이기 위한 수단처럼 연출하지 않았으면 한다. 드라마 속 남자 주인공들은 여자 주인공이 거절하면 할수록 애달아한다. 그런 드라마를 보고 자란 나는 자연스럽게 '여자는 튕길 줄 알아야 가치가 높아지고, 남자들이 애타게 된다'는 착각을 하게 된 것 같다. 지금 생각해보니 정말 바보 같은 생각이다. 그렇게 해야만 나를 가치 있게 생각해주는 사람이 뭐가 좋은가. 굳이 거절하지 않아도 내 마음을 소중하게 여겨주고 아껴주는 사람이 더 멋진 사람 아닐까? 게다가 만약 정상적인 사람이라면, 여자가 싫다고 하면 미안해하고 그만하는 게 맞지 않나? 드라마에서 여자의 'NO'를 사실은 좋지만 부담스러워서 싫다고 하는 것처럼 연출하지 않았으면 한다. 현실에서의 'NO'는

정말 싫어서 싫다고 하는 거니까.

3. 남자한테 먼저 고백 혹은 프로포즈를 받아야지만 사랑 받는 사람인 것처럼 보여주지 말았으면 한다. 이제는 드라마 속 여주인공이 남주인공의 눈에 한눈에 들어, 꼭 간택받는 것처럼 고백받고 사귀는 과정이 참 보기 불편하다. 드라마에서 남자에게 고백을 받고 고민하다가 승낙하는 여주인공을 보면, 처음에는 여주인공이 관계를 리드하는 것처럼 느껴진다. 나도 그렇게 생각했었다. '승낙할지 말지를 내가 결정하는 거니까, 내가 관계를 리드하는 거 아니야?'라고 말이다. 하지만 내가 현실에서 맺은 관계의 양상은 전혀 달랐다. 그렇게 시작된 연애는 처음에는 내가 관계를 리드하는 사람 같았으나, 시간이 지날수록 나를 선택한 건 저 사람이고, 나를 여자친구로 만들겠다고 결정한 것도 저 사람이라는 생각이 들었다. 어느 날 갑자기 저 사람이 내가 싫어졌다고 한다면, 아쉬운 사람은 나였다. 나는 깨달았다. 그런 연애에서 내가 스스로 선택했다고 생각해온 모든 상황들은 사실은 그 사람이 만든 선택지 속에서만 고민하고 있었던 거였으면서, 스스로 결정하고 있는 거라며 착각했던

것임을. 나에게는 더 다양한 선택지가 존재할 수 있었다. 나는 요즘 이렇게 생각한다.

'내가 만나는 사람은 내가 선택할 거라고.'

우리에게는 '네가 사귈 만한 사람인지 아닌지는 내가 판단하고, 내가 결정할 거다'라는 이런 당당한 마음가짐이 필요하다.

4. 안하무인 성격의 남자 주인공을 그럴 만한 이유가 있었다고 포장하지 않았으면 좋겠다. 말투나 행동은 매우 싸가지가 없고, 지극히 자기중심적인 데다가 자기 잘난 맛에 살고 있는 남자 주인공이 착한 여자 주인공을 만나 환골탈태하는 그런 드라마는 이제 그만했으면 좋겠다. 식상하고 아니고의 문제가 아니라, 정말 이상한 콘셉트다. 뭐 잘생기고 능력 좋으면 성격이 좀 싸가지 없는 건 그럴 만하다는 건지, 뭔지. 백마탄 왕자님을 만들고 싶으면, 차라리 성격조차도 착하고 배려심 깊은 캐릭터로 만들어줬으면 좋겠다. 정말 흠잡을 곳 없게.

게다가 정말 어이없는 부분은 이것이다. 남자 주인공에게는 꼭 동정심이 생기게 하는 숨은 사연도 있고, 겉으로는 표현 안 하지만 속으로는 여자 주인공을 극진히 생각하고 있는 것처럼 연출한다는 것! 저런 드라마에 한창 심취해 있던 젊은 날의 나는 누가 봐도 정말 자기중심적인 사람과 연애를 하면서도 '이 사람이 겉으로는 이래도 속으로는 날 많이 좋아하고 있을 거야' 같은 착각에 빠져 있었다. 그리고 나는 수많은 연애를 말아먹으며 깨달았다. 현실과 드라마의 차이는, 남자 주인공이 재벌이냐 회사원이냐가 아니었다. 시작부터 자기중심적인 사람들은 아무리 천사 같은 여자 주인공이 나타난다고 해도 절대 바뀌지 않는다.

그게 바로 현실과 드라마의 차이다. 그래. 그렇다. 나는 이렇게 드라마를 보고 연애를 배웠고, 드라마를 보고 연애를 망쳤다. 물론 드라마에서 나보고 그렇게 연애하라고 한 적은 없지만, 그렇지만! 그래도 나는 드라마를 탓하고 싶다. 고통스러웠던 나의 지난날의 연애에 대한 책임이 너에게도 조금은 있다고 말이다.

소개팅 일기

1

남자친구와 헤어진 지도 꽤 되었기에, 나는 소개팅을 나가기로 했다. 첫 번째로 만나게 된 사람은 S사에 다니는 30대 초반의 남자 H. 다년간의 소개팅 경험으로 인해 이제는 상대방의 사진을 보면 이런저런 생각들이 들 수밖에 없는데, 이 사람은 꽤 진하고 굵은 인상의 소유자인 데다가, 웃음기가 하나도 없는 얼굴을 보니 왠지 벽이 조금 느껴질 수도 있겠다는 생각이 들었다.

역시 나의 예상은 빗나가지 않는 것일까. 그 사람은 밥 대신 커피를 먼저 마시자고 제안했고, 처음에는 '뭐야. 밥 먹는 시간도 아깝다는 건가?' 싶었지만, 나도 어차피 맞지 않는 사람과 밥 먹으며 불편할 바에는 커피도 나쁘지 않겠다는 생각에 집 근처 카페로 만남의 장소를 정했다.

소개팅 당일, 나는 편안한 옷차림을 선택했다. 분홍색 맨투맨 원피스에 오리털 패딩. 요즘 느끼는 거지만, 어차피 매번 꾸미고 만날 사이가 될 수 없다면 첫 만남에 너무 화려한 모습으로 만나는 것도 나에게는 부담을 주는 거 같다. 왠지 처음 만났을 때의 그 모습을 계속 유지해야 될 것 같다는 그런 부담 말이다. 카페로 향하는 차 안에서 나는 최대한 기대를 하지 않으리라 다짐했다. 음. 하지만 소개팅이라는 건 참, 기대를 안 하려고 해도 은근히 기대가 되는 부분이 있는 것 같다. 살짝 두근대는 마음 같은 거랄까.

드디어 카페에 도착해 나는 그 사람을 만났다. 우리는 멋쩍게 인사를 나누고 커피를 시키고 본격적으로 서로에 대해서 이야기를 나누었다. 지금은 무슨 일을 하고 있는지, 왜 그 일을 하게 되었는지, 그 일에 만족하면서 살고 있는지, 앞으로 어떤 인생을 살고 싶은지, 현재 서로에게 중요한 가치는 무엇인지…. 나는 여러 가지의 질문을 그에게 던졌고, 그에게서 돌아온 답변은 꽤 의외였다.

그는 외국의 좋은 학교에서 유학을 하고 돌아와 S사에 다니고 있었지만, 지금 현재의 일에 크게 만족하고 있는 것 같지는 않았다. H는 나에게 자신과 비슷하게 유학한 주변 사람들은 월스트리트에서 일하는 사람들도 있고, 자기는 성공한 축에 들지는 못한다며, 자신의 목표는 지금보다 더 성공하는 것이고, 그러기 위해서 지금 당장은 이 회사에서 인정받고 일을 잘하는 게 중요한 것 같다고 말했다.

뭐랄까 지금 그의 인생도 충분히 잘 살고 있는 것처럼 보이는데, 스스로에게는 부족해 보이는 게 참 많구나. 아마 세상 사람들은 30대 초반의 키도 훤칠하고 외모도 괜찮고 학벌도 직장도 탄탄한 그를 보며, 부족한 것 하나 없는 인생이라고 생각할 텐데. 막상 그 인생을 살아가고 있는 당사자는 그 인생에 만족하고 있지 않은 것이다. 나는 문득 그 사람에게서 예전의 내 모습을 보는 것 같기도 해 안쓰러운 마음이 들었다.

"그러면 H님은 평소에 뭔가를 성취했을 때에만 스스로 행복한 인생이라고 느끼세요?"

"그런 건 아닌 거 같아요. 가족들? 가족들이랑 시간을 보내면 그때 가장 행복하죠. 근데 가족들과 행복하게 보내기 위해서는 직장에서 성공도 하고, 돈도 많이 벌고 그래야 한다고 생각해요."

"그런데 주변에서 보면, 성공을 위해 달려가기만 하면 가족들과 보낼 시간이 많이 줄어드는 거 같아요. 어떻게 보면 쉽게 양립할 수 없는 것처럼 느껴지기도 하고요. 그런 건 어떻게 생각하세요?"

"그렇죠. 뭐 그럴 때는 잘 균형 있게 해봐야겠죠."

그 사람의 말이 전혀 틀린 것도 아니었다. 맞다. 하고 싶은 걸 하면서 살려면 돈이 필요하고, 그 돈을 많이 벌려면 성공해야 한다. 미래의 행복을 담보로 지금 성공을 위해 달리는 것은 전혀 이상하지 않다. 오히려 어떻게 보면 매우 현실적인 거겠지.

아마 이 사람, 내가 몇 년 전에 만났다면 굉장히 열정적인 사람이라고 생각하고 좋아했을지도 모르겠다. 하지만 지금 나에게는 이런 사람들이 너무 버거운 상대가 되어버렸다. 고생 끝에 이제 겨우 나를 내려놓는 방법을 연습하기 시작했는데, 이제 드디어 나의 부족한 모습에도 만족하는 방법을 찾아내기 시작했는데, 이런 분을 만나게 된다면, 또다시 나는 나의 부족한 부분을 어떻게든 메꾸려고 나를 채찍질해야 할 필요성을 느끼게 될 거 같다. 옆에서 누가 계속 그렇게 스스로를 채찍질하며 달리고 있는데, 나만 혼자 한가하고 느긋하게 걸어갈 수는 없지 않겠는가.

카페에 앉은 지 한 시간 반 만에 우리는 자리를 정리하고 일어났다. 그리고 H와의 인연은 집에는 잘 들어가셨냐는 그 흔한 메시지 하나 나누지 않은 채로 끝나게 되었다.

소개팅 일기
2

오랜만에 미세먼지 하나 없이 맑은 날, 나는 언니 D를 만났다. 그 소개팅 이후에도 몇 번의 소개팅을 했고, 나와 잘 맞는 사람은 찾지 못한 터라 나는 언니를 붙잡고 신세한탄을 하기 시작했다.

"언니 도대체 괜찮은 남자는 다 어디 있어요? 네? 다 어디 간 거예요? 아무리 소개팅을 해도 좋은 사람이 없어요. 다시 만나고 싶은 사람이 없어요. 제가 얘기하는 그 눈빛이 빛나는 그런 사람이 없어요…."

이제는 '내가 좋은 사람이면 알아서 좋은 사람이 생긴다'는 말도 싫다. 그 말은 들을 때마다, 꼭 내가 덜 좋은 사람이어서 아직 제짝을 만나지 못한 거라고 말하는 것처럼 들린다. 도대체 얼마나 더 지금보다 좋은 사람이 되어야 하는 걸까.

　"언니, 저는 제 안에 있는 깊은 얘기들을 꺼내놓을 수 있는 사람을 만나고 싶어요. 그리고 그 사람의 이야기도 듣고 싶어요. 자기의 이야기를 나에게 털어놓을 줄도 알고 나의 이야기에도 공감해줄 수 있는 그런 사람은 없는 걸까요."

　집안이 좋거나, 직업이 좋거나, 외모가 출중한 사람들은 어찌어찌 뒤지면 찾아볼 수도 있었지만, 내가 찾는 그런 사람은 아무리 주변을 뒤져도 쉽게 찾아지지 않았다. 나는 몇 번의 반복된 소개팅과 그 외의 만남들에도 불구하고 나와 맞는 사람을 찾기 쉽지 않다는 사실에 절망하고 있었다. 심지어 나를 더 절망하게 만들었던 것은, 주변 사람들의 하나같이 입을 맞춘 듯한 똑같은 말들이었다.

　"정현아. 나도 너 정말 소개시켜주고 싶은데, 남자 중에 괜찮은 사람이 진짜 없어. 왜 그런지 모르겠다."

　심지어 여자인 친구, 언니들뿐만 아니라, 남자인 오빠들까지 하나같이 저렇게 이야기하는 것을 들으니 조금 억울한 마음까지 드는 것이다.

　'아니 남자들조차도 괜찮은 남자가 주변에 없다 그러면, 도대체 괜찮은 남자는 어디 숨어 있나? 아니면 안 태어났나? 도대체 뭐야!'

포기해야 하는 걸까. 그래 주변에서 포기하면 생긴다고들 많이 이야기하더라. 사실 그날 저녁은 나에게 또 다른 소개팅이 있는 날이었고, 나는 멍하니 기대감을 전부 내려놓고 소개팅 장소로 향했다. 그날따라 내 마음처럼 도로는 꽉꽉 막혔고, 나는 약속 장소에 예정보다 10분 늦게 도착하게 되었다. 그런데 웬걸 너무 늦어서 죄송하다고 인사를 하고 자리에 앉으면서 그 사람의 얼굴을 보았는데, 그분은 바로 내가 그렇게도 찾던 그런 잘생겼다기보다는 눈빛이 빛나고 선한 인상의 소유자였던 것이다!

그분은 나와 나이 차이가 무려 열 살이나 나는 분이었기에 딱히 기대를 하고 있지 않았는데, 의외로 기대를 너무 안 해서였던 걸까 나는 첫인상부터 그에게 호감을 느끼기 시작했다.

식사를 하며 그와 본격적으로 대화를 나눴다. 그는 내 유튜브 채널의 영상을 하나 보고 왔다며, 내 영상에서 어떤 부분이 재미있었는지 조곤조곤 말해주었다. 그의 말투는 따뜻했다. 그리고 나는 그의 카카오톡 프로필 사진에서 발견한 성경 구절을 이야기하며, 혹시 종교를 갖고 있냐고 물었다. 자신은 기독교를 믿지만 강요할 생각은 전혀 없다며 조심스럽게 자기가 종교를 믿는 이유를 설명해주었다.

"세상에는 사람이 만들지는 않았지만 아름다운 것들이 참 많잖아요. 하늘도, 바다도, 사람도요. 그런 모든 것을 과학적으로만 설명할 수 있다고는 생각하지 않아요."

음. 사실 그의 말을 듣고도 그 의미가 무엇인지 알 듯 모를 듯했다. 나는 그의 말에 완전히 공감하지는 못했지만, 종교를 갖는 것을 존중하는 이유를 말하기 시작했다.

"그렇구나. 저는 종교는 없지만, 과학으로 설명할 수 없는 무언가가 있다고는 믿어요. 우주의 기운? 이렇게 이야기하면 너무 이상하려나요. 왜 간절히 바라면 이루어지는 것처럼 느껴질 때도 있고, 음… 꼭 그렇게 거창한 게 아니라면, 뒤에서 어떤 사람을 지그시 바라보면 앞사람은 그게 느껴질 때가 있잖아요. 그런 걸 보면, 세상에는 사람이 설명할 수 없는 것들이 분명히 있는 거 같아요. 그런 의미에서 종교를 갖는 것도 이해되고요."

그 사람은 웃으며 말했다.

"맞아요. 그런 거랑 비슷한 거예요."

"혹시, 〈라이프 오브 파이〉라는 영화 보셨어요? 아카데미 시상식에서 감독상이랑 시각효과상도 받은 작품인데, 한번 꼭 보세요. 저는 그 영화를 보고 종교를 조금 이해하게 되었어요. 사람들이 왜 종교를 믿는가 이런 거요. 사실 그 전에는 합리적 판단을 갖는 사람이라면 종교라는 걸 믿기 힘들지 않나, 하고 생각했었거든요. 주인공이 종교학자인데, 왜 종교학자가 되었는지에 대해서 이야기해주는 영화인데 정말 재미있어요."

그는 흥미로운 눈빛으로 물었다.

"그 영화 포스터만 봐서는 호랑이랑 바다에서 표류하는 이야기인 줄 알았는데요."

"맞아요. 저도 그렇게 생각했었는데, 그게 아니었더라고요(웃음). 물론 그런 이야기가 주된 스토리이지만, 영화가 말하고자 하는 바는 그게 아니었어요. 아무튼, 꼭 보세요! 정말 추천해요!"

식사를 하는 두 시간 내내 분위기는 화기애애했다. 그가 처음에 자기를 소개하며, 오늘만큼은 뻔한 이야기보다는 진지한 이야기를 더 많이 하고 싶다고 했었는데, 실제로 우리는 두 시간 내내 친한 친구와도 해보지 않았던 진지한 이야기들을 많이 나누었던 것 같다.

어느새 시간은 9시를 지났고, 식사도 거의 마쳐가고 있었다. 그는 카페로 이동해 커피를 한잔 더 하자고 제안했고, 나는 살짝 두근거림을 느꼈다. 그리고 낮에 걱정하며 좌절하던 나의 모습이 생각나 나도 모르게 살짝 웃음이 나왔다.

'이렇게 오늘 소개팅이 좋을 줄 알았으면, 낮에 너무 걱정하지 말 걸.'

천천히 준비하고 나오시라며 그는 자리를 먼저 일어났고, 나는 그를 뒤따라 나갔다. 하지만 역시. 인생이란 한 치 앞도 예상할 수 없는 시트콤이다. 레스토랑을 나와 그와 마주한 순간 나는 예상치 못한 난관을 맞닥뜨리게 되었다. 바로 그의 키였다. 일어서서 만나게 된 그는 나보다도 꽤 아래에서 나를 올려다보고 있었던 것이었다. 나는 당황스러운 마음을 감출 수가 없었다.

'고작 키 때문에 이렇게 오랜만에 대화가 재미있었던 사람이 싫어지면 안 되지!' 자기최면도 걸어보았다. 하지만 그 최면은 그와 눈을 마주치며 대화를 하려는 순간 가볍게 풀려버렸다. 속물이라고 스스로를 다그치기엔, 내가 뭐 키가 모델 같이 큰 남자를 원하는 것도 아니지 않는가. 그저 나와 눈높이만 맞았으면 했는데…. 나는 최대한 당황한 마음을 숨기며 그와 카페로 이동했다. 그 이동하는 10분 남짓한 시간 동안, 내 키를 얼마나 원망했는지 모른다. 나는 왜 이렇게 키가 큰 걸까. 이미 내 마음이 붕 떠버린 터라, 그렇게 두 시간 동안 재미있었던 소개팅은 30분 만에 정리가 되었다. 역시, 모든 일은 마음먹기에 달린 걸까. 아니지 이런 말은 여기에 쓰는 게 아니다. 나는 정신이 혼란스러웠다.

집에 오는 차 안에서 어이없는 헛웃음이 나왔다. 그 웃음은 고작 키 때문에 소개팅을 망쳐버린 나 자신에 대한 실소도 있었으며, 하루 종일 우울했다가 들떴다가 다시 우울해져버린 롤러코스터 같은 내 마음에 대한 연민도 있었다. 참 시트콤 같은 인생이다. 자동차 핸들을 잡고 하하 웃던 나는, 집 근처에 도착하자 살짝 눈가에 눈물이 고임을 느낄 수 있었다.

'하… 인생, 정말 쉽지 않구나.'

개 봉 후
교 환 · 환 불 이
불 가 합 니 다

누군가를 만나는 것은 쉽지만,
헤어지는 것은 어렵다.
정을 붙이는 것은 쉽지만,
마음을 떼어내는 것은 어렵다.

일단 인연이 시작되면,
우리는 아무 흔적 없이
아무 일도 없었던 것처럼
모든 것을 예전으로 되돌릴 수 없다.

8.

남을 위한
꾸밈
금지

자기
만족

어느 날 나에게 물었다.

'아침에 20분 더 자는 것보다 일어나서 화장을 하는 게 날 더 행복하게 하니?'

나는 쉽게 대답할 수 없었다. 그동안 나의 삶은 어땠는 가. 어디를 가든, 누구를 만나든, 항상 꽃단장을 하고 나갔 다. 남자친구를 만나러 갈 때는 준비하는 데 한 시간이 넘 게 걸리는 건 물론이고, 시험기간에도, 운동을 하러 갈 때 도, 집 앞에 친구를 만나러 갈 때도, 나는 화장을 하고, 안 경을 벗고 렌즈를 끼고, 옷을 챙겨 입었다. 왜 그랬을까. 무엇을 위해 그랬을까. 내가 한 시간이 넘는 시간을 매일 나에게 투자해서 얻는 게 무엇이었을까.

타인의 호감? 어차피 그런 사람들은 외모만 보고 나를

판단하는 가벼운 사람들 아닌가. 그런 사람들의 호감을 얻는 게 내 인생에서 뭐가 그리 중요하단 말인가. 게다가 나를 싫어할 사람들은 내가 아무리 예뻐도 날 싫어한다. 내가 꾸미든 꾸미지 않든 내 곁에 있어주는 사람들이 중요한 것 아닌가.

지나가는 사람들의 시선? 이건 심지어 위에 적은 '타인의 호감'보다도 더 부질없다. 어차피 지나가고 나면 다시는 보지 않을 사람들이 태반이거니와 내가 아는 사람도 아니지 않는가. 생각하면 할수록 스스로에게 답답했다. 무엇을 위해 나는 그렇게 애써왔는가. 나의 자존감이나 페미니즘은 둘째치고, 도대체 나에게 이득이 되는 부분이 있어야 할 것 아닌가. 나는 계속 고민해보았지만, 아침잠 20분보다도 나에게 이득이 되는 걸 찾지 못했다.

나에게도 한때는 꾸미는 과정이 즐겁고, 새로운 옷과 화장품을 사며 기분전환을 할 때가 있었다. 하지만 그것을 매일, 하루도 빼놓지 않고 하는 것이 어찌 기분전환이란 말인가. 무릇 기분전환이라고 한다면, 내가 기분이 내키는 날 아무런 부담 없이 해야 기분전환이라고 말할 수 있지 않을까. 나는 다시 나에게 물었다.

'아침에 20분 더 자는 것보다 일어나서 화장을 하는 게 날 더 행복하게 하니?' 답은 '아니'였다.

　나는 내 행복을 '타인이 어떻게 나를 생각하느냐'에 두지 않을 것이다. 나의 행복은 내가 기준이어야 한다.

꾸밈
단축

아침밥 〉 세수 〉 스킨 〉 로션 〉 크림 〉 선크림 〉 메이크업 베이스 〉
파운데이션 〉 컨실러 〉 파우더 〉 섀도우 1 〉 섀도우 2 〉 섀도우 3 〉
속눈썹 뷰러 〉 마스카라 〉 아이라이너 〉 눈 밑 글리터 〉
눈썹 그리기 〉 눈썹 마스카라 〉 블러셔 〉 쉐딩 〉 틴트 1 〉
틴트 2 〉 고데기 〉 옷 입어보기 1 〉 옷 입어보기 2 〉
액세서리 매치 〉 향수 〉 가방 고르기 〉 신발 신기

아침밥 〉 세수 〉 스킨 〉 로션 〉 크림 〉 선크림 〉
립밤 〉 고데기 〉 응가 〉 프렌즈팝 〉
옷 입기 〉 가방 고르기 〉
신발 신기

지상 최대의
난제

하루 종일 화장을 하고 씻고 자는 것	VS	하루 종일 화장을 하지 않고 안 씻고 자는 것

둘 중 어느 게 더 피부에 안 좋을까!!! (진지)

엉뚱해 보여도 꽤나 내가 자주 하는 고민이다.

화장을 하면 아무래도 답답하기 때문에 얼굴이라도 씻고 자게 되는데, 화장을 안 한 날에는 괜히 '안 씻어도 상관없겠지'라는 마음으로 미세먼지를 듬뿍 맞았을지도 모르는 얼굴로 바로 잠드는 것이다.

내 피부는 어떤 게 더 좋다고 할까? 물론 맨날 씻고 자면 해결되기는 하지만…. (머쓱)

마음껏
꾸며도
괜찮아

　1년 전, 더 이상 뷰티 크리에이터를 하지 않겠다고 유튜브에서 선언했을 때, 나는 이렇게 말했다. 외적인 아름다움을 가꾸는 것보다는 내적인 아름다움을 가꾸는 데 나의 시간을 쓰는 것이 더 가치 있다고, 내가 세상을 살면서 다시 만나고 싶다고 생각한 사람은 외모가 출중한 사람이 아니라 눈빛이 빛나는 사람이었다고 말이다. 그래서 나도 앞으로 그런 사람이 되도록 노력할 것이라고 말했다. 그 뒤로 한참의 시간이 지나고 나서, 나는 실제로 거울을 보고 옷장을 들여다보는 시간을 줄인 대신 공부를 하고 책을 쓰기 시작했다.

　영상 속의 내가 말하던 그 내면의 아름다움을 찾으러 떠난 거였다. 행복한 나날들이었다. 화장을 하지 않고 사람들을 만나도 여전히 사람들과 행복한 시간을 보낼 수 있었고, 애쓰며 포장하지 않아도 나를 좋게 봐주는 사람들이 있다는 걸 알게 되었다. 아마 계속 나를 어떤 방식으로든 포장하고 있었다면, 영영 깨닫지 못했을 거였다. 내 주변에는 소중한 사람들이 많다는 사실과 날것의 내 모습도 나쁘지 않았다는 사실도. 하지만 요 몇 주 전부터, 문득 이런 생각이 종종 들었다.

'예쁜 옷이 사고 싶다!'

'오늘은 화장을 한번 해볼까?'

누군가에게는 이런 생각들이 아무렇지 않을지도 모르지만 '내면의 아름다움을 찾으러 떠날 거야!'라고 당당하게 외치며 떠나놓고는, 지금에서 이런 생각을 한다는 게 스스로 납득되지 않았다. 나는 조금 두려웠다. 다시 예전의 나로 돌아가는 걸까? 다시 내가 나를 예쁘게 포장하고 싶어진 걸까? 지금 내 안에 무언가 부족한 것들이 있나? 나는 다시금 나를 체크하기 시작했다. 혹시나 내가 나를 덜 사랑해서 벌어진 현상이 아닐까 고민했다. 그렇게 고민하던 중 문득 궁금해졌다. 다른 사람들은 어떻게 살고 있을까.

몇 개월 만에 인스타그램을 켜서, 한때 내가 팔로잉을

했던 유명한 인플루언서와 연예인들의 계정을 구경하기 시작했다. 오랜만에 마주친 그들의 삶은 여전히 화려했다. 패셔너블한 옷과 명품들, 화사한 메이크업과 그리고 그것을 좋아해주는 많은 팔로워들이 있었다. 그런데 부러운 마음도 잠시, 왠지 모르게 세상을 향한 억울한 마음도 들었다.

나 하나 소비하지 않아도 계속 성장하고 있는 뷰티·패션 업계에 대한 억울한 마음이랄까. 하긴 내가 뭐라고, 나 하나 덜 꾸민다고 세상이 뭐가 달라질까. 누가 매일매일 똑같은 잠옷에 초췌한 모습을 365일 구경하고 싶을까. 화려하고 빛나는 것에 시선이 가는 건 당연했다. 나는 이런 생각들을 하며 며칠 동안이나 풀이 죽어서 지냈다. 그리고 시간이 더 지난 지금은 조금 마음이 편해졌다. 고민 끝에 결론을 내렸기 때문이다. 내가 하던 고민은 그 무엇도 이상하거나 잘못된 것이 아니었다.

돌이켜 생각해보니, 그동안 나의 고민들은 내가 원하던 본질에서 약간 빗나간 것들이었다. 내가 그토록 간절히 원하던 것은 타인에게 잘 보이기 위해 애쓰면서까지 '나를 포장하지 않는 삶'이었다. 그리고 '어디까지가 과연 자기만족인 걸까'에 대해서 그 경계를 찾으려고 노력했다. 하지만 그 경계는 아무리 찾아도 찾아지지 않았다. 그리고 그 경계는 매일매일 달라질 수밖에 없다는 걸 깨달았다.

어떤 날은 시간이 남아 선크림까지만 바르던 것을 마스카라까지 바를 때도 있고, 어떤 날은 너무 바빠서 선크림조차 못 바르고 나갈 때도 있었다. 어떤 날은 너무 피곤해서 세수조차 하지 않고 잠이 들었고, 어떤 날은 컨디션이 좋아서 마스크팩에 헤어팩까지 하고 늦게까지 영화를 보다가 잠이 들기도 했다. 마음에 드는 사람 앞에서는 눈을 초롱초롱하게 빛내며 나를 어필하기도 했고, 마주치기도 싫은 사람에게는 시종일관 무표정으로 대하기도 했다.

날마다 내가 만들었던 경계는 달랐다. 어떤 날은 옷장에서 예쁜 원피스를 꺼내 입고, 어떤 날은 훨씬 많이 웃으며 대화했지만, 그 모든 날들에 나에게는 그럴 만한 이유가 있었다는 것을 생각했다. 분명한 것은, 내가 평소보다 더 많이 무언가를 했다고 해서 그것이 절대적으로 '애썼다'는 표식은 아니라는 거다. 바쁘면 바쁜 대로, 한가하면 한가한 대로, 마음에 여유가 있으면 있는 대로, 없으면 없는 대로, 나는 내 시간을 알차게 보낼 방법들을 찾고 있었던 것일 뿐이다.

요즘은 더 이상 옷장 앞에서 몇 벌의 옷을 두고 고민하는 나를 보면서, '내가 너무 남의 시선에 신경 쓰는 건가?'라고 자책하지 않는다. 그 대신 '오늘은 내가 이렇게 하고 싶은 날이니까!'라고 스스로의 선택을 믿는다. 오늘은 그렇게 입고 싶은 날인가 보다, 하고. 나를 사랑한다면 어떻게 행동해야 할지, 자존감이 높다면 어떻게 행동해야 할지 이런저런 고민들을 했지만, 결국 그것도 나를 애쓰게 만드는 족쇄였을 뿐이었다.

'나를 사랑한다면 이렇게 해야 해!'

'자존감이 높다면 이런 행동은 하지 않아!'

이렇게 생각하다 보면, 결국 또다시 내가 지금 행복한 것보다는 내가 되고 싶은 모습에만 집중하게 된다.

이제 이런 건 다 저리 치우고 내가 하고 싶은 건, 그럴 만한 이유가 있다고 믿을 거다. 나처럼 꾸밈에 대해서 갈팡질팡하며 고민하고 있는 누군가가 있다면, 이렇게 말해주고 싶다.

"원하는 걸 의심하지 말아요. 그렇게 우리 다짐해요."

무엇을 선택하든, 내가 행복한 게 먼저야.

자유

늦잠을 자는 것이 자유로운 게 아니다.
꾸미지 않는 것이 자유로운 게 아니다.
일을 하지 않는 것이 자유로운 게 아니다.
그 모든 것들이 내가 하고 싶기에 하는 것일 때
자유로운 것이다.

뭉게뭉게

~♬♪

3부

다시

나는 요즘 내 모습 그대로에 만족하는 법을 배워가고 있어.
꼭 최고가 아니어도 괜찮다고,
부족한 지금 이 모습도 괜찮다고….
그런데 가끔은 또다시 불안하곤 해.
난 분명히 그때의 나보다 더 행복한데 말야.
뭐가 더 좋은 삶인 걸까. 나도 잘 모르겠어.
하지만 언젠가는 중간점을 찾을 수도 있지 않을까.

9.
일상 속에
깨달음이
있다

시시한
취미의
장점

　타인이 나의 삶을 인정하든 하지 않든 그건 중요하지 않다. 나도 알고 있다. 하지만 그럼에도 불구하고 나에게는 칭찬받고 싶은 날이 있다. 우리가 사는 세상은 칭찬에 너무 박하지 않나. 직장에서건 학교에서건 잘하는 것은 당연하고, 부족한 것에만 집중하는 것 같다.

　가끔씩 앉기만 해도 칭찬받는 강아지를 보며 부러운 마음이 들거나, 밥만 잘 먹어도 칭찬받는 아이처럼 살고 싶을 때가 있다면, 취미로 무언가를 배우는 걸 추천한다. 내 경험상, 취미로 무언가를 배우다 보면 칭찬을 정말 많이 듣게 된다.

　'아니? 이런 것도 칭찬받을 수 있단 말이야?'라는 생각이 들 정도로 내가 부족한 것도 그럴 수 있다고 넘어가게 된다. 가끔 자신감이 너무 없어져서 나란 사람이 너무 못난 사람처럼 느껴질 때, 그림도 좋고 운동도 좋고 요리도 좋다.

무언가를 그냥 내가 좋아한다는 이유만으로 배우는 과정 중에는, 스스로에게 지웠던 기대감과 무게들도, 타인이 나에게 세웠던 잣대들도 모두 무력해진다. 설사 내 생각보다 잘 못하더라도, '당연히 잘 못할 수 있지! 내가 이걸 잘하면 직업으로 삼지, 왜 취미로 하겠어!'라고 생각해버리면 그만이니까! 뭔가를 잘해야만 하고, 성공해야만 한다는 부담감에서 벗어난 모든 일들은 참 편안하다. 내가 즐기는 모습만으로도 칭찬받을 수 있는 공간이 있다니! 팍팍한 바깥세상 대신, 이런 공간 하나쯤은 내 인생에 계속 만들어두고 싶다. 나에게 관대할 수 있는 시간이 우리에겐 필요하다.

나에게
개근상을 주자

학교를 다닐 때 우리는 학년이 끝나는 날
개근상을 받았다.
그때의 나에게는 큰 의미가 있는 상은 아니었다.
누구나 다 받는 거니까. 학교에 가는 건 당연한 거니까.
시간이 많이 흘러 어른이 된 지금,
나는 개근상이 받고 싶다.
올해도 잘 견뎌줘서,
아무일 없이 잘 지내줘서 고맙다고 말이다.
누가 매일 아침 일하러 가는 게 쉽다고 하던가,
누가 별 탈 없이 한 해를 보내는 게 당연하다고 하던가.
나라도 나에게 개근상을 줘야겠다.
'올 한 해도 별 탈 없이 잘 지내줘서 고맙습니다.'

애 쓰 면
애 쓸 수 록
애 처 로 워 지 니 까

오랜만에 켠 티브이 홈쇼핑에서는 최근 눈길을 주던 청소기를 팔고 있었다. 시중에 판매하는 것과 동일한 제품이지만, 지금 구입하면 백화점보다도 저렴한 가격에 최신형 에어프라이어까지 사은품으로 아무 조건 없이 준다며 쇼호스트는 흥분된 목소리로 이야기하고 있었다.

카드사 할인에 자동주문 할인까지 받으면, 그래 분명히 이건 누가 봐도 합리적인 소비로 보였다. 하지만 왜일까. 나는 쇼호스트의 흥분된 목소리를 들으면 들을수록, 그가 나에게 저 청소기가 얼마나 좋은 것인지, 지금 이 기회가 얼마나 좋은 기회인지를 설득하려고 하면 할수록 이런 생각이 들었다.

'그렇게 좋은 제품이면 왜 저렇게까지 하면서 팔아야 겠어. 분명 저렇게까지 하면서 팔아야 하는 이유가 있을 거야.'

그런 생각이 들어서일까, 갑자기 내게 그 쇼호스트의 목소리가 시끄럽게 느껴지기 시작했다. 그렇게 나는 채널을 돌려버렸다. 그리고 다음 날에도, 또 그다음 날에도 티브이에서는 비슷한 조건에 청소기를 파는 다른 채널들을 볼 수 있었다. 이제는 무엇이 어떻게 좋은 것인지도 헷갈려버릴 정도로 비슷한 그 청소기들을 보며, 나는 왠지 모르게 아직 써보지도 않은 그 청소기에 이미 질려버렸음을 느꼈다.

그러다 문득 나는 그 청소기를 보며, 나를 떠올렸다. 내 인생은 그 청소기들과 무엇이 달랐나. 나도 언젠가는 그 청소기처럼 살지 않았나. 나는 친하게 지낼 만한 사람이라고, 내가 이렇게 착하고 좋은 사람이라고, 나 정도면 괜찮지 않냐고, 이 정도라면 당신에게 사랑받고 인정받을 만한 자격이 있는 사람이지 않냐며 그렇게 나 자신을 그 홈쇼핑의 청소기처럼 열렬히 어필하며 사람들 속에서 살아가지 않았나.

하지만 그렇게 나를 어필하면 어필할수록, 사람들의 인정을 원하면 원할수록 그것들은 오히려 나에게서 점점 멀어지는 것처럼 느껴졌다. 이상하다. 내가 되고 싶었던 내 모습은 사람들에게 사랑받는 사람이었는데, 어느새 타인의 관심과 사랑을 받고 싶어 안달난 사람이 되어버렸다. 매력적인 사람이 되고 싶었는데, 항상 사랑에 목말라 보이는 사람이 되어버렸다. 그때의 나는 항상 답답하고 괴로웠다. 왜 내 인생은 내가 원하는 것과 반대로 가는 걸까.

하지만 애써서 사랑받기를 포기한 요즘, 이제야 그 이유를 알 것 같다. 내가 이렇게 착하고 좋은 사람임을 알리기 위해서, 그렇게 사람들에게 인정받고 싶어서 착한 말을 하고, 좋은 행동을 하고, 사람들의 반응을 기대하는 나를 보며 사람들은 은연중에 이렇게 느끼지 않았을까.

'저 사람은 저렇게 해야지만 사랑받을 수 있는 사람이구나.'

'저 사람한테는 내 관심이 그렇게도 소중한가 보네.'

그렇게 나는 그 사람들에게 나를 평가할 자격을 쥐여주고, 혼자 좋은 평가를 받지 못할까 안절부절하지 않았나. 가만히 있어도 사랑받을 수 있었을 텐데, 있는 그대로의 모습이라도 누군가는 분명 나를 진심으로 좋아해줬을 텐데, 나는 그 사실을 믿지 못했던 것이다. 나 스스로에 대한 약한 믿음이 결국 나를 불행하게 만들었던 것이다. 내가 스스로 '이 정도만 해도 나는 꽤 괜찮은 사람'이라고 믿지 못했던 그 마음이, 나를 사람들에게 사랑받고 싶어 발버둥 치는 그런 못난 사람으로 만들어버린 것이다. 이제는 생각한다. 인생은 애쓰면 애쓸수록 애처로워질 뿐이라는 걸. 앞으로 나는 다른 사람에게 나를 평가할 자격을 함부로 주지 않을 것이다. 나는 애쓰지 않아도 사랑받을 수 있는 그런 사람이라고 믿기 때문이다.

항상
네 편이라는
말

친구가 속상했던 이야기를 듣다 보면, 가끔 친구의 이야기 속 그 사람은 그런 뜻이 아니지 않았을까, 그 사람도 어떤 사정이 있지 않았을까 싶다.

'상대방에게도 그럴 만한 사정이 있었을 수도 있고, 한쪽 말만 들어서는 알 수 없으니까…'와 같은 말이 떠오르기도 한다. 하지만 말이다. 생각해보면 그게 뭐가 중요한가. 이름도 얼굴도 모르고 한 번 만나본 적도 없는 그쪽 상대방의 사정이 뭐가 그리 중요하냔 말이다.

어차피 내가 아는 사람은 지금 내 눈앞에 있는 내 친구일 뿐이고, 이 사람이 지금 이 순간 내게 가장 중요한 사람일 뿐인데. 내 인생에 털끝만큼도 영향을 준 적 없는 그 아무개의 편을 드는 것이야말로 정말 내 인생의 낭비가 아닐까.

왜 내가 그런 사람을 위해 감정을 이입하고, 에너지를 써야 할까. 이왕 에너지를 쏠 거면, 이왕 위로를 할 거면, 내게 소중한 사람에게만 오롯이 집중하고 싶다. 그렇기에 나는 친구에게 말한다.

"내가 얼굴도 모르는 놈들 편들 이유가 뭐가 있냐! 나는 항상 네 편이야. 네가 그렇다면 그런 거지, 뭐!"

상대방을
위한
믿음

수년간의 연애를 말아먹고 인간관계도 같이 말아먹은 끝에, 나는 상대방을 믿어주는 방법을 비로소 발견하게 되었다. 이 방법은 정말 효과가 좋아 연인뿐 아니라 친구, 가족과 같은 모든 인간관계에 적용할 수 있다. 그 방법은 이렇다. 누군가가 너무 걱정될 때, 쟤는 도대체 어쩌려고 저러나 싶은 생각이 들 때, 뭐라고 한마디 하고 싶은 마음이 턱밑까지 차오를 때, 스스로에게 이렇게 말하는 것이다.

'어차피 내 인생도 아닌데, 뭐!'

'지 인생인데, 지가 알아서 잘하겠지.'

이 말을 되뇌는 순간, 나는 깨닫게 된다. 아, 내 인생이 아니구나. 쟤가 지 인생을 말아먹든 말든, 그건 나와 전혀 상관없는 일이구나. 이 말은 마치 마법과도 같아서, 조금이라도 타인의 삶에 내 에너지를 소모할 것 같을 때 사용하면, 즉시 내 에너지가 쓸데없는 곳에 사용되는 것을 막을 수 있으며, 괜히 걱정스러운 말을 건넸다가 서로 마음이 상하는 일도 줄어들게 된다.

생각해보면 정말 그렇다. 어차피 내 인생도 아니지 않은가. 게다가 누구나 인생을 행복하게 살아가고 싶어한다. 내가 그렇듯, 저 사람도 그럴 것이다. 내 눈에 부족해 보이거나 답답해 보였던 모든 것들도, 아마 저 사람에게는 어떻게든 행복하게 살아보고자 애쓰는 몸부림이지 않았을까. 그러니 나는 전혀 걱정할 필요가 없는 것이다. 나는 저 사람의 인생을 고작 몇 분 동안 고민했을지 모르나, 저 사람은 태어난 그 순간부터 지금까지 한순간도 빼놓지 않고 자신의 인생에 대해 고민했을 것이기에. 그래서 나는 오늘도 생각한다.

'어차피 내 인생도 아닌데, 뭐!'

믿어주는 게 뭐 별건가. 이런 게 믿음 아닐까. 이렇듯 약간의 무심함은 타인의 인생을 있는 그대로 존중해주는 방법이 되기도 한다.

합리적 의심
혹은
몽상

근면 성실만을 강조하는 이 사회가 가끔은 불편하다.

열심히 살면 성공할 수 있다든지, 노력은 배신하지 않는다든지 그런 얘기들.

혹시 이 모든 것은 열심히 일만 하는 개미가 필요한 누군가가 퍼트리는 이야기가 아닐까.

완벽한
인생?

중학교 때 공부 잘함 〉 고등학교 공부가 진짜 공부지 〉
고등학교에서 공부 잘함 〉 대학을 잘 가는 게 중요하지 〉
서울에 있는 좋은 대학 감 〉 아이비리그에 비하면 아무것
도 아니지 〉 하버드 감 〉 하버드 수석에 비하면 아무것
도 아니지 〉 하버드 수석 졸업함 〉 학사 가지고는 아무
것도 아니지 〉 석박사 땀 〉 유명한 논문 정도는 써줘야
진짜 박사지 〉 성공적으로 논문 작성함 〉 노벨상 정도는
타줘야 진짜지 〉 노벨상 수상 〉 돌이켜보니 노인 됨 〉 끝

효도가 뭐
별건가

부모님의 반대가 신경 쓰이는 때가 있다. 뭐랄까. 나도 이쯤 되니 엄마의 반응이 눈에 훤히 보이는 때가 있달까?

'아. 이런 식으로 또 걱정하시겠지, 또 반대하시겠지…' 싶은 그런 마음. 그런 고민에 한창 빠져 괴로워하던 찰나, 이런 생각이 들었다.

나는 이렇게 살아야만 행복한데, 내가 행복하게 사는 게 부모님을 불행하게 할 수도 있다는 게 말이 되는 건가? 앞뒤가 맞는 얘기인가? 생각해보니 그건 말이 안 되는 이야기였다. 내가 부모님 등골을 뽑아먹으면서 행복하자고 하는 게 아닌 이상, 내가 선택해서 책임지는 행동들은 내가 행복하기만 하면, 그러면 되는 거였다! 그래서 난 그런 고민이 들 때 이렇게 다짐하기로 했다.

'아니 자식이 이렇게 사는 게 행복하다는데 부모님이라면 그걸 반대하실 리가 없어!'

'설사 반대한들, 엄마를 포함한 그 누구라도 내가 행복하게 사는 걸 방해할 수는 없어!'

'내가 행복하게 사는 게 효도하는 거다! 결국 부모님도 내가 행복하게 살기를 바라실 거야!'

'이건 내 인생이니까 내가 살고 싶은 대로 살아야 하지 않겠어?'

이렇게 외치고 나면 속이 시원~하다. 그리고 나는 당당하게 말했다.

"엄마! 나는 이렇게 살아야 행복하고 좋아. 엄마도 내가 행복하기를 바라지 않아? 나는 엄마가 이야기한 대로 살면 너무 불행할 거 같아. 나는 내 인생이 행복했으면 좋겠어. 엄마 때문에 내 인생 불행해졌다고 나중에 엄마 탓하고 싶지 않아! 그러니 내가 이렇게 사는 게 좋고 행복하다고 하면 함께 응원해줘."

효도가 뭐 별건가! 내가 행복하게 살면 그게 진짜 효도지!

나다운
결혼식

친한 지인의 결혼식을 다녀왔다. 결혼식에 다녀온 날에는 항상 나의 결혼식은 어떨까 머릿속에 그려보게 된다.

'누구와 결혼하게 될까, 어디서 하게 될까, 드레스는 어떤 걸 입고 있을까, 누구를 부르지? 부를 사람이 없는데….'

이런저런 상상들과 이런저런 고민들을 하다 보면 항상 내 머릿속을 가득 채우는 질문이 있다.

'나는 누구의 손을 잡고 식장에 들어가야 할까?'

아빠의 손을 잡고 식장에 걸어 들어가는 신부를 보면 부러움과 걱정이 동시에 내 머릿속을 스쳐간다.

'아빠가 없는 이유에 대해서 하객들이 궁금해할까?'

'아무리 그래도 엄마와 같이 입장하는 게 나으려나?'

'아니면 신랑의 손을 잡고 동시 입장하면 되는 걸까?'

나는 친구에게 연락했다.

"H야, 만약에 나 결혼하면 입장은 누구랑 하지?"

"엄마랑 같이 하면 되지! 아니면 남편이랑 하거나!"

"근데 뭔가 나답지 않은 거 같아."

"그럼 네가 먼저 가서 남편 손 받아와!"

"??!!!!"

"꼭 남자가 먼저 가란 법 있냐!"

그러면 되는 거였잖아? 그렇게 간단히 문제는 해결됐다. 그러고 나서 생각했다. 세상의 그 어떤 결혼식이든 나답게 할 수 있을 것 같다고.

인생이라는
영화

"사람은 결국 죽는다는 게 인생에 대한 스포일러다."

어떤 신문의 칼럼을 읽다 이런 구절을 발견했다. 맞는 말이다. 우리는 인생의 결말이 무엇인지를 이미 알고 있다. 영화 볼 때를 생각해보자. 우리는 왜 스포일러를 외면하는가? 결말을 알고 보는 영화는 재미가 없기 때문이다. 정해진 결말 앞에서는 어떤 드라마틱한 전개도 시시하게 느껴지곤 한다.

그러니 우리가 우리의 인생이라는 영화를 보는 관객이라고 생각한다면, 우리의 인생은 한없이 지루할 수밖에 없다. 그렇게 느끼는 게 어찌 보면 당연하다. 주인공이 얼마나 성공을 하든, 얼마나 실패를 하든 결국 죽음이라는 결말을 맞는 영화라니 이 얼마나 허무한 영화인가.

하지만 우리는 인생이라는 영화의 유일한 관객이자 감독이다. 만약, 우리가 영화를 보는 입장이 아니라 영화를 만드는 입장이 된다면 어떨까. 상황은 매우 달라질 것이다. 이미 결말이 정해져 있는데 어떻게 하든 무슨 상관이란 말인가. 어쨌든 이 영화는 세상에 보여질 것이고, 나는 이 영화를 만들어야만 한다. 그렇다면 나는 고민할 것이다. 비극적인 결말일 것인가. 희극적인 결말일 것인가. 결말까지 이르는 과정을 어떻게 재미있고 흥미진진하게 만들 것인가. 이 영화를 보는 사람은 어떤 메시지를 가져가게 될 것인가.

우리는 인생이라는 영화의 관객일까, 감독일까? 무엇을 선택하든 상관없다. 문득 인생이 너무 복잡하게 느껴진다면, 관객이 되어보는 건 어떨까? 반대로 인생이 너무 심심하게 느껴질 때는, 감독으로 살아보는 것도 좋을 것이다. 우리는 이렇게 우리만의 인생을 만들어가는 거다.

10.

나와 너에게
들려주고
싶은 말들

잘되지
않아도
괜찮아

　이런 말을 하면 나를 이상하게 생각할지도 모르지만 나는 있잖아, '잘될 거야'라는 말이 가끔은 부담으로 느껴지곤 해. 물론 너는 나를 위로해주고 싶은 마음에 그 말을 했다는 걸 알아. 나도 알지만, 하지만, 그런 얘기를 들을 때면 나는 꼭 잘되지 않으면 안 될 것 같은 기분이 들어. 나도 내가 잘됐으면 좋겠고, 잘될 거라고 다짐하지만 어쩌면, 어쩌면 말이야. 나는 바라고 있었는지도 몰라. 누군가 이렇게 말해주길 말이야.

> 망해도 괜찮아! 꼭 잘되지 않아도 괜찮아!

언젠가는 우리가 이런 위로를 나눌 수 있을까? 영영 힘들지도 몰라. 나조차도 너의 고민을 들을 때면, 결국엔 '잘될 거야'라는 말로 너를 위로하곤 하니까.

하지만 말이야, 너에게도 '잘될 거야'라는 말이 부담으로 느껴질 때가 있다면, '꼭 잘되지 않아도 괜찮지 않을까'라고 생각할 때가 있다면 그때는 나에게 말해줄래? 꼭 잘되지 않아도 괜찮다고, 이렇든 저렇든 결국 우리는 잘 살아갈 거라고 말이야.

나도
그렇게
살아보려고 해

　사실은 항상 부러웠어. 하고 싶은 대로 하면서 사는 사람들. 나는 저렇게 해도 되나 싶어 고민하는 그 순간에도 자기 맘대로 저질러버리는 사람들. 그런 사람들을 보며 이렇게 생각한 적도 있었어.

　'다른 사람들이 어떻게 볼지는 걱정도 안 되나?'

　'저렇게 자기 마음대로 하다가 욕먹으면 어쩌려고 저러지.'

　'세상을 하고 싶은 대로만 하면서 살 수는 없는 거 아니야?'

　하지만, 난 인정해야만 했지. 사실 그렇게 생각하는 그동안에도 내 마음속에서는 그렇게 살 수 있는 그 사람들이 내내 부러웠었다고, 나도 그렇게 살아보고 싶었다고 말이야. 나도 그렇게 남 눈치를 보지 않고, 내가 하고 싶은 말을 하고, 하고 싶은 대로 행동하고 싶었다고. 단지 모두 나를 떠나갈까 두려워 외면했을 뿐이라고….

하지만 생각해보니 억울해. 그 사람들이 나보다 뭐 특별한 게 있는 걸까? 그 사람들은 하고 싶은 대로 해도 된다는 자격증이라도 갖고 있는 건 아닐 텐데. 그래. 이렇게 마냥 그들의 삶을 부러워만 하다 죽을 수는 없어. 나도 이제 그렇게 살아보려고 해. 더 이상 그 사람들의 인생을 부러워하지만은 않을 거야.

여유로운
사람

누가 그러는데, 하루에 하늘을 두 번 이상 바라보는 사람은 마음이 여유로운 사람이래. 그 말을 듣고 나는 생각했어.

'나는 여유로운 사람일까?' 너는 어떤 것 같아?

그런 의미에서 우리 오늘은 한번 하늘을 바라보는 거 어때?

구름이 지나가는 것도 보고, 나뭇잎 사이로 햇살이 비치는 것도 보고, 흐려진 먹구름 사이로 빗방울이 쏟아지는 것도 보고 말이야.

하늘 한 번 볼 틈 없이 바쁘게 살아가는 것도 좋지만,

땅보다 하늘을 더 많이 보는 그런 하루도 좋을 테니 말야.

있잖아, 나는 이제
그런 사람이 좋더라

막 눈빛이 빛나는 사람 있잖아.

언제든 자신이 좋아하는 이야기를 할 때면,

눈빛이 초롱초롱해지는 그런 사람.

꿈이 거창하지 않아도 좋고,

좋아하는 게 특별하지 않아도 좋아.

그저 진심으로 자신의 행복을 찾아가는 사람.

그런 사람이 좋아.

그래서 나는 어떤 사람을 알고 싶을 때,

눈을 깊게 오랫동안 쳐다보곤 해.

눈빛은 꾸밀 수가 없잖아.

그 속엔 그 사람의 인생이 들어 있거든.

더는
'척'하지
않을 거야

나는 우울할 때도 있고, 질투심이 많을 때도 있고, 자신
감이 없을 때도 있고, 이기적일 때도 있어. 다른 사람들이
이런 내 모습을 알면 나를 떠나가지 않을까, 내가 너무 보
잘것없는 사람이라고 생각하지 않을까, 그래서 실망하지
않을까, 결국 세상에 혼자 남겨지는 건 아닐까 하고 두려
울 때가 많았어. 그래서 나는 지금껏 '척'하면서 살아온
것 같아.

우울한 감정도 잘 극복해내는 강한 사람인 척, 친구가
많고 인기 많은 사람인 척, 바쁘고 할 일 많은 사람인 척,
배려심 많고 착한 사람인 척… 말야.

이런 척을 하며 사랑을 받는 동안, 한순간도 마음이 편

하지 않았어. 아무리 큰 사랑을 받아도 '저 사람이 진짜 내 모습을 알면 떠나가겠지' 생각하며 그 사랑을 의심했지. 나 자신의 모습에 떳떳하지 못하니까 다른 사람의 사랑이 자연스럽게 느껴지지 않았어. 누가 봐도 멋져 보이는 가면을 쓴 채 사랑받는 인생은 너무 외로웠어. 내가 조금 틀어지기만 해도 언제든 모든 게 사라질 것만 같았거든.

뭔가 크게 잘못됐다고 느꼈어. 내가 지금 살아가는 방법으로는 점점 더 외로워질 게 분명했고, 아무리 많은 사람들에게 사랑받더라도 공허하고 초조해할 거야. 또 내가 계속 척하면서 좋은 모습만 보여주면, 내 주위에는 그런 모습만 보고 싶어하는 사람들이 모일 거야. 상대방 입장에서는 내가 그런 사람인 줄로만 알고 다가왔을 테니, 갑자기 다른 모습을 보여주면 당황하는 게 당연할지도 몰라.

그래. 내가 만약 좋은 사람을 만나고 싶다면, 나의 있는 그대로를 모두 사랑해줄 사람을 만나고 싶다면, 먼저 내 안에 진짜 모습을 보여줘야 했어. 평생 척하면서 살 수 없다면 애초에 그런 건 시작조차 하지 말았어야 했어.

난 사람들을 만나는 방법을 바꿨어. 예전에는 '좀 더 친해지면 나를 보여줘야지'라고 생각했다면 이번에는 더 친해지기 전에 나를 최대한 있는 그대로 드러냈지. '이런 나라도 괜찮은 사람만 내 곁에 남아줬으면 좋겠어!'라는 마음으로 말야. 이렇게 바뀐 후 내 인생은 크게 달라졌어. 나를 있는 그대로 사랑해주는 사람들이 내 주변에 있다는 걸 알게 됐거든. 만약 내가 계속 척하면서 살았다면 평생 몰랐을 거야.

그리고 떠나가는 인연에 대해서 좀 더 마음을 편하게 먹을 수 있게 됐어. 어차피 나중에 언젠가는 떠나갈 사람들이었는데 더 정들기 전에 빨리 헤어져서 참 다행이라는 생각도 들었어. 솔직히 말하면, 인간관계가 더 좁아진 것 같기도 해. 예전보다 연락하는 사람도, 만나는 사람도 많이 줄어들었거든.

하지만 지금의 나는 이전의 나보다 훨씬 행복하다고 확신할 수 있어. 왜냐하면, 지금 받는 사랑은 아무리 작은 마음이라도 진심이라고 느껴지기 때문이야. 나는 더 이상 사람들의 사랑이 가짜로 느껴지지 않아. 이제야 드디어 진짜 세상에서 살아가고 있다는 생각이 들어.

엄마에게
올립니다

중학교 때 제 장래희망은 국사 선생님이었어요. 우리학교 국사 선생님이 수업을 정말 재미있게 하셨거든요. 그때 제 장래희망을 들은 엄마는 이렇게 말했어요.

"매일 학교에 있는 선생님보다는 더 자유로운 직업이 좋지 않겠니."

전 잠시 움찔했지만 뭐, 엄마가 그러란다고 말을 들을 제가 아니었어요. 저는 그렇게 국사 선생님의 꿈을 몇 년간 키우다가 고등학교에 진학했죠.

고등학교 때 저의 장래희망은 애널리스트였어요. 애널리스트가 뭐냐고요? 사실 지금도 잘 몰라요. 그때도 그냥 이름이 멋있어 보여서 하고 싶다고 생각했던 것 같아요. 제 꿈을 들은 주변 사람들은 이렇게 말했어요.

"금융 쪽은 취업도 힘들고 야근도 많이 하지 않나? 엄청 힘들다던데."

역시나 저는 잠시 움찔했지만 뭐, 여전히 그런다고 장래희망을 바꿀 제가 아니었죠. 하지만 그런 저의 호기로운 다짐은 사회탐구 경제 과목을 공부하면서 자연스럽게 사라졌어요. 경제는 많이 어렵더라고요.

그렇게 대학교에 입학했고, 제 새로운 꿈은 쇼호스트였어요. 아니나 다를까 이번에도 주변에서는 걱정 어린 말들을 제게 던졌어요.

"좋은 대학교 나와서 아깝지 않겠어?"

"실적압박이 엄청 심해서 힘들다던데."

"그럴 바엔 차라리 아나운서를 하지 그러니."

사람들은 제가 좋아하는 게 뭔지는 안중에도 없는 것 같더라고요. 뭐, 괜찮았어요. 저는 정말 쇼호스트가 되고 싶었으니까요.

그리고 몇 년 후 저는 취미로 영상을 만들어 유튜브에 올리기 시작했고 그렇게 유튜브 크리에이터 생활을 시작하게 되었어요. 그러나 엄마의 반응은 시큰둥했어요.

"그거 돈은 벌 수나 있는 거니?"

"평생 하지도 못할 텐데, 젊을 때나 잠깐 하는 거 아니야?"

"그래서 그거 해서 결국엔 뭐 하려고?"

엄마의 그런 걱정들에도 불구하고, 나름 저는 그 일을 꽤 오랫동안 잘해냈던 것 같아요. 그리고 지금의 저는 다시 대학원에 다니며 인생을 그럭저럭 잘 살아가고 있어요.

그러니 엄마, 제가 뭔가를 하고 싶다고 말한다고 해도 너무 걱정하지 마세요. 저도 제가 이렇게 살 줄 몰랐어요. 저는 제가 국사 선생님이나 애널리스트나 쇼호스트를 할 줄 알았죠.

물론 지금의 제 모습은 제가 꿈꿔오던 모습 중 그 어떤 것도 아니지만, 그래도 지금 잘 살아가고 있잖아요?

그게 중요한 거니까요. 제가 어떤 걸 하고 싶다고 말한다고 해서, 그게 제 인생의 목표는 아니에요. 중요한 건 희망을 가지고 인생을 행복하게 살아가는 것뿐이죠. 그러니 지켜봐주세요. 엄마의 눈에는 걱정거리투성이일지 몰라도, 저는 저의 인생을 나름대로 열심히 살아가고 있답니다.

-딸 정현이가-

다시
유튜브를
시작했다

1년 6개월 만에 뷰티 크리에이터가 아닌 라이프스타일 크리에이터로 돌아온 밤비걸 님을 모시고 다시 한번 인터뷰를 나눠보도록 하겠습니다.

Q. 라이프스타일 크리에이터라는 이름이 생소한 분들도 많이 계실 것 같아요. 요즘 유튜브에서 어떤 콘텐츠를 만들고 계신가요?

A. 그야말로 요즘은 저의 삶에 관한 이야기들을 많이 나누고 있어요. 살면서 느끼는 저의 고민들도 구독자분들과 나누고 제 삶의 만족도를 높여준 물건들에 대해서 소개하기도 해요.

Q. 최근에 책을 출간하셨다고 들었습니다. 밤비걸 님의 글에 많은 분들이 위로받고 계신 거 같아요. 요즘은 어떻게 지내고 계세요?

A. 음… 겉으로는 크게 다를 것 없는 일상을 보내고 있는 것 같아요. 우울한 날에는 상담 선생님을 찾아가기도 하고, 연애는 여전히 어렵고, 종종 엄마와 다투기도 합니다.

Q. 이제는 마음이 많이 치유되신 것처럼 보이는데요. 아직 힘드신 부분이 있으신가요?

A. 마음이 치유된다는 건 우울한 날이 눈에 띄게 줄어들거나, 인생에 문제가 하나도 없다는 걸 의미하는 건 아닌 것 같아요. 저는 여전히 마음이 연약하고, 상처를 자주 받고, 종종 울적해하죠. 힘든 날들은 앞으로도 계속 있을 거라고 생각해요. 아마 또다시 죽고 싶을 만큼 괴롭거나 삶의 이유를 찾지 못해서 무기력해질 때도 있을 거예요. 하지만 이전과 달라진 점이 한 가지 있다면, 분명 내가 언젠가는 이것을 극복해낼 수 있을 거라는 작은 믿음이 생겼다는 거예요.

Q. 그 믿음에 대해서 조금 더 이야기해주실 수 있을까요?

A. 3개월 간의 상담을 마치고, 저는 저의 마음이 많이 치유되었다는 것을 느낄 수 있었어요. 완벽하진 않지만, 이전보다 훨씬 더 나의 행복을 중심으로 생각하고, 내 마음의 소리에 귀 기울일 줄 알게 되었죠. 밥도 못 먹고 스스로를 자책하며 은둔자처럼 지내던 지난 시절과는 확연하게 달라졌다는 것을 스스로 느낄 수 있었어요. 저는 생각했죠. 한 번 감정의 바닥을 치고 올라와보았으니 앞으로 어떤 비슷한 상황이 와도 나는 다시 뛰어오르는 법을 스스로 터득할 수 있을 거라고요. 아무리 큰 우울한 감정이 찾아와도, 그것을 극복하는 데 시간이 오래 걸릴지라도, 결국에는 탈출구를 찾아낼 수 있을 거라는 믿음이 스스로에게 생긴 거예요.

Q. 어떻게 보면 밤비걸 님에게는 책에 쓰신 많은 힘든 일들이 자신에게 믿음을 주는 계기가 되었다고 볼 수 있겠네요.

A. 맞아요. 이제는 상담실을 찾는 것이 더 이상 부끄럽거나 두렵지 않아요. 이것 역시 무기력함과 우울함을 극복하는 과정 중 하나라는 생각이 드니까요. 겉으로는 아무런 문제가 없어 보였던 이전보다, 지금이 더 스스

로를 아껴주고 있다는 생각이 들어요.

Q. 그래서인지 콘텐츠의 주제도 이전과는 많이 달라진 것 같아
요. 이번에 다시 활동을 시작하면서 이전과 바뀐 점이 있다면
어떤 걸까요?

A. 크게 달라진 점은 없지만, 이번에 다시 활동을 하면서
이것만은 꼭 지켜야겠다고 마음을 굳게 먹은 것은 있
어요.

Q. 그게 어떤 걸까요?

A. 무엇을 하든, 어떤 콘텐츠를 만들든, 제 자신을 잃지
않는 거요….

감사의 글

제 이야기를 누가 들어줬으면 하지만, 아무에게도 이야기하고 싶지 않은 그런 상태일 때가 많습니다. 누군가에게 털어놓으면, 그 사람에게 짐이 될까 봐, 제 이야기에 대한 어떤 평가를 받을까 봐 두렵기도 하고 어디서부터 어떻게 이야기를 꺼내야 할지 막막하게 느껴지기도 합니다. 어느 CM송처럼 '말하지 않아도 알아요~'라고 저를 안아줄 사람이 있으면 얼마나 좋을까요.

그럴 때, 저는 글을 썼습니다. 저에게 이야기하듯 여러분에게 이야기를 하고, 여러분에게 이야기를 하듯 저에게 이야기했습니다. 그렇게 답답한 마음을 털어놓으면 마음이 한결 가벼워지곤 했어요.

서론이 길었지만, 이 글을 쓴 이유는 여러분들께 감사의 인사를 드리고 싶어서였습니다. 저의 이야기를 묵묵히

들어주서서 감사합니다. 그리고 또 공감해주셔서 감사합니다. 여러분들은 저의 아픈 비밀을 묵묵히 지켜주는 숲속 대나무 같은 존재랍니다. 여러분에게도 저의 책이 자신의 아픈 비밀을 털어놓고 기댈 수 있는 대나무 숲이 되었으면 좋겠습니다.

크리에이터 밤비걸의 나를 사랑하는 연습
유튜브를 잠시 그만두었습니다

초판 1쇄 인쇄 2019년 10월 17일   **초판 1쇄 발행** 2019년 10월 23일

지은이 심정현
그린이 심정현, 조영수
펴낸이 연준혁

출판 1본부 이사 배민수
출판 2분사 분사장 박경순
책임편집 선세영
디자인 urbook

펴낸곳 (주)위즈덤하우스 미디어그룹 **출판등록** 2000년 5월 23일 제 13-1071호
주소 (410-380) 경기도 고양시 일산동구 정발산로 43-20 센트럴프라자 6층
전화 (031)936-4000 **팩스** (031)903-3893 **홈페이지** www.wisdomhouse.co.kr

값 13,800원
ISBN 979-11-90305-01-3 03810

이 도서의 국립중앙도서관 출판예정도서목록(CIP)은 서지정보유통지원시스템 홈페이지
(http://seoji.nl.go.kr)와 국가자료종합목록시스템(http://www.nl.go.kr/kolisnet)에서
이용하실 수 있습니다. (CIP제어번호: CIP2019040036)